りんご語録

Rin Go Ro Ku

谷村志穂

Contents

1

りんご好きには、悩ましい春

まばゆい黄色の果実を
金貨にたとえて星の金貨としました
『青森県のりんご　改訂版』杉山芬・杉山雍

冷蔵庫の一番下の野菜室の扉を開ける。

この頃信じられないほど高い値段の、葉物野菜やキノコ類などが手前にあるが、それらに手を触れていると、一つ一つにくるんであったはずのラップが一部ほどけたようで、ふわっと立ち上る甘酸っぱい香りが鼻をついた。

本当は、野菜室の片付けをするつもりだったのに、自ら包みを放って身を挺《てい》してくれる戦士のような、勇敢なりんごを一つ手にする。

まな板で半分に切って、それをまた半分に切って、四分の一にしてから、芯の部分を切り取って皮をむく。このむき方が、この頃の私の定番で、結構早くにありつける。

今、我が家の冷蔵庫に貯蔵してあるりんごは、青森県の平川市唐竹《からたけ》で無肥料栽培されたもので、いずれも昨年の十二月に分けてもらった分だ。赤は「ふじ」で、黄色は「星の金貨」。一つ一つ包んで冷蔵してあったのだが、残りはもうわずかしかない。

りんご好きには、悩ましい春。

二～三月は、家で貯蔵できるぎりぎりの時期ではなかろうか。あとはCA貯蔵という、航空用語のような名前の貯蔵法でねむったりんごを買っていくことになる。今日、私の手にのってきたのは「星の金貨」の方である。むいているとたまらない香りが漂って、立ったままひと切れ食べた。

このりんごは皮が薄くて、内側からのぞく果肉が、淡い黄色味をつけていて、とても繊細な感じがする。

皮の黄色いりんごは、「ぐんま名月」はじめ、昨今大ブームだ。

なぜなら、ふじなどの赤いりんごの栽培には、全体がよく色づくように、光をさえぎる葉を落としたり、玉回し、といって枝先のりんごの向きをぐるっと変えてあげたり、作業のステップが幾つかある。そうして高級品を作っていく。

しかし、黄色いりんごにはこの作業が必要ないので、それで美味しければ、農家の方には大助かりなのだと聞いた。まあ、そう簡単な話でもなかろうが。

それにしてもあんまり美味しいから、もうひと切れ食べた。

さくさくっと音を立てていたら娘も起きてきたので、

「りんご、食べる?」と訊くと、

「もらおうかな」というので、結局、まな板に残っていた分の皮をみんなむいて、二人で一つを食べた。

不思議な心境なのだが、一緒に向かい合ってりんごを食べているようなときに、愛おしさが湧く。素直に、一緒にりんごに餌付けされてくれるからだ。

「星の金貨っていう、まだ比較的新しいりんご」

一応、そのつど品種名は伝えてみるが、そこまで関心はないらしい。

「美味しいね」、と娘はあっという間にりんごを食べて部屋に戻る。

「美味しいね」、というか、何も言わないかどちらかの反応なのも、一緒に暮らす身としては実は好ましい。

私は家庭内は、静かな方が好きです。

娘が出かけると、私はおもむろに、つけている日記帳を取り出す。

〈某月某日
星の金貨一つ。まだ十分にみずみずしい〉

そうでした、日記帳ではなく、単なるりんごノートである。毎日食べているりんごの品種を、ただ忘れないように記している。

二〇一六年に『きりんご紀行』という本を出版したことで、りんごの話題で雑誌やテレビやラジオなどにずいぶん出してもらった。この本について話すときは、真っ赤なりんごの形のフェルトのベレー帽をかぶって回っていたので、いつしか私には「りんご先生」などというあだ名もついてしまい、大変恐縮している。

実際、私自身には、たくさんのりんご先生がいる。りんごの栽培農家の方々はもちろん、黒石市にある、青森県産業技術センターりんご研究所にいらした櫛田俊明さんは、私がぶつけるりんごの謎に、なんでも答えてくださった方だ。

それに、青森県りんご対策協議会の里村桃子さん。桃子さんは元ミスりんごで、りんごの桃子さんと呼んでいる。

たくさんの先生がいるのだが、私のりんご日記の時間に欠かせない先生は、『青森県のりんご』というずっしりした一冊である。二〇〇五年に初版本が出て、二〇一五年には、改訂版も出て、私は両方を持っている。

著者は杉山芬さん、杉山雍さん。

はじめはいずれのお名前も読めず、それだけでミステリアスな感じがした。かおるさん、ようさんとお読みするようだ。

〈ここにある記事は、青森県で生産されたりんごの図鑑や解説書ではありません。

青森の片隅に住む、85歳と83歳の老夫婦が、70歳を過ぎてから、どのようにりんごに接することができたのかの記録です。

また、りんごの歴史や、姿・形に親しむための読み物や写真集と思って下さっても結構です〉

〈はじめに〉で、そう書かれているので、ご夫妻のようなのだ。

なんて素敵なのだろう。お二人で、りんごの樹をたくさん見て歩かれた記録。

この本には、個々のりんごの個性が見事に書き分けられていて、それはいずれも、りんごの生い立ちから始まる。

星の金貨についても、青森県りんご研究所（現在の青森県産業技術センターりんご研究所）で「ふじ」に「青り3号」が交配された実生から選別されて、「あおり15」として品種登録、二〇〇五年に〈まばゆい黄色の果実を金貨にたとえて星の金貨としました〉。

文章がりんごへの愛に満ちていて、毎朝辞書のように眺めて飽くことがありません。

ちなみに、この本では七十種以上のりんごと出会える。さらに、世界ではゆうに一万二千種はあると言われていて、私はまだ百種にも出会っていないが、星の金貨をはじめ、あいかの香り、もりのかがやき、千雪、りんごは自在にさまざまなイメージをまとった名で商標登録されている。

食べてみると、それぞれに驚くほど果肉の食感も、味わいも香りも違うので、新しく出会った品種はどんどんノートにつけていくようになった。

杉山ご夫妻の文もそうなのだが、青森の人たちは、りんごについて話すときにとても奥ゆかしいし、その奥ゆかしさは、りんごの印象と一緒になってぽっと色づくように感じられる。北海道出身の私が赤い帽子をかぶりいきなり青森に現れたときには、このりんご何りんご？　と思われて当然だったのに、青森でも長野でも、りんご県の皆さんは優しかった。

以後私は美味しいりんごに出会うと、仲間たちにせっせと送るようになった。毎年収穫の時期が来ると、りんごが好きな人、または好きになりそうな人たちにも送らせてもらっている。

札幌の妹は小学校の教諭をしているが、四人も子どもがいる。毎朝身づくろいをして、食事の準備をして、お弁当が必要な子の分は支度して、その上で必ずみんなにりんごまでむいているそうだ。一日に、二個、三個とむく。

一体どんな切り方なのか訊いてみると、妹は最初に八等分してからつぎつぎと皮をむいていく方式である。

お皿にのせて食卓テーブルに置いておく。起きた子から順に食べていく。決まって最後に起きてくる子には一切れしかのこっていないのだという話はおかしかった。

しばらく家を離れていた子が、帰宅した翌朝に、また一番にテーブルについて、「りんご、久しぶりだな」と、しみじみしながら呟きながら食べて出かけていった話を他のきょうだいが教えてくれた。

「りんごが母の味のように言ってたよね」と。

私にも、母のりんごの思い出は少なからずある。高熱を出すたびにすりおろしてくれたりんごは赤茶色く変色していたけれど、あれはどんなりんごか関係なくふわっとして甘く、不思議と体に染みていった。

お弁当にはうさぎの耳のりんご、夕食の後にはきれいに切り分けたりんご。どのりんごにも、今思えば母の気持ちが宿っていた気がするが、りんごは決して特別なものではなかったから、改めてありがとうとも言えなかった。

りんごを母の味のように言っていたという子は、春には東京で一人暮らしを始める。りんご、自分でむけるかな。

2

青森生まれ、はつ恋

まだあげ初めし前髪の
林檎のもとに見えしとき
「初恋」島崎藤村

この頃ありがたいことに、りんごにまつわるプレゼントをよくもらう。りんごの絵柄のついたノートや、ガラスのペーパーウエイト、りんごが描かれたお皿やカップ、りんごのお菓子やシードルも、お土産にもらう。

先日は、ある方から神田にある近江屋洋菓子店のフルーツポンチをいただいた。透明のボトルの中に色とりどりの果物がぎっしりと詰まっている。パイナップル、バナナ、キウイ、キンカン……、それにもちろん、我が愛しのりんごも！

スプーンで順繰りにすくい出して食べる。バナナはねっとり、パイナップルは繊維が心地よく、キウイは種のつぶつぶを舌に感じる。キンカンは、食べ応え十分だ。他にもドラゴンフルーツやメロン、オレンジにブドウなども入っている。どの順番であっても、時折出てくるりんごが口直しのように爽やかに感じる。さくさくとして美味しい。改めて、ここに揃ったアイドルのような果物たちの中でも、私はりんごが好きなんだなという発見があった。

昔、缶入りのドロップの中で、好きな色にあたるとうれしくなったあの感覚によく似ている（ちなみに私が好きだったのは、透明のレモン味です）。

で、そのボトルの中身をほとんど一人で食べてしまった私は、最後の最後になって、果たしてこのりんごは何りんごであったのだろう、という大切な疑問にぶちあたった。紅玉ではなさそうだ。王林だったろうか。さんざん食べていてもこの始末なのだが、このりんご、何りんご？　という疑問は、最近いろいろなところで生じる。特に、本を読んでいるときにりんごが登場すると、よく思考が止まってしまう。

りんごは大抵、「りんご」としか書かれていない。色すらも描写されていないことが多く、その場合は赤いりんごが想定されているのであろう。

日本の作品だと、「青りんご」だけは特別そう書かれていることが多いような気がするが、海外の小説の場合は、たぶんりんごと書かれているのは、小ぶりで酸味の強い青りんごのことなのだろうな、などと旅先での記憶から勝手に想像している。

最近では、島崎藤村の「初恋」というあの有名な詩に出てくるりんごが一体、何りんごなのかとても気になっている。

〈まだあげ初めし前髪の　林檎のもとに見えしとき〉

〈やさしく白き手をのべて　林檎をわれにあたへしは〉

まだ、前髪を結ったばかりの少女と〝われ〟は、りんごの樹を前にしている。林檎に白い手をかけて、少女がわれに林檎をくれた。

少女はひじょうに初心《うぶ》なようで、この詩では後半にこんな一節にも出会う。

〈林檎畑の樹の下に
おのづからなる細道は
誰が踏みそめしかたみぞと
問ひたまふこそこひしけれ〉

林檎畑に自然とできた細い道、それは二人がいつもここで待ち合わせをしているからできた道だ。その道がどうしてできたと思う？　と、少女がわれに問いかけて、われは少女を恋しく思う。そんな思わせぶりなやり取りが、「初恋」では詠まれている。以後の藤村の、ある種苛烈な恋愛遍歴を思うと、女性への鮮やかなとらえ方に感じ入るところのある「初恋」の印象的な一節だ。

この詩は藤村の第一詩集『若菜集』に収められているが、発表年は明治二十九年である。舞台は、故郷の岐阜なのだろうか。

日本の西洋りんごは明治初期にはすでに普及が始まっているので、これが「紅絞《べにしぼり》」などの西洋りんごである可能性もないわけではないのだが、私には少女が手にかけたのは、そんなに大きくなかったもののように思える。

もともと日本にあった和りんごは、小さくて赤い。どちらかといえば観賞用だ。そのりんごであるような気がする。それに、西洋りんごなら表記は林檎ではなく、苹果《へいか》と表された。

阿久悠さん作詞の名曲「林檎殺人事件」のこの林檎の字は、実は和りんごに使われるのが本当だ。藤村先生に一度で良いから訊いてみたかった。すみません、あのりんごは、何りんごだったのですか？　と。

ところで、私が時折訊かれるのに、「一番好きなりんごは何りんごですか？」という酷な質問がある。少し黙ると「じゃあ、三つで」などと、ちょっと妥協した質問へと変わる。

三つと訊かれたなら、大抵こう答える。

「まず、ふじなら、無肥料栽培のサンふじ、必ず入れたいのが、はつ恋ぐりん」

最後の一つは、前回書いた星の金貨や、その時期食べて美味しかったりんごの名をあげる。

で、この場合、質問は大抵、こう続く。

「〝初恋グリーン〟っていうりんごがあるんですか？」

「いえ、ぐりん、です。グリーンじゃなくて、ぐりん。恋だけ漢字で、あとは、すべてひらがなです」

と、一応答える。

するとせっかくの〝はつ恋ぐりん〟には申し訳ないのだが、質問はそこでいったん止まってしまう。質問してくれた人の気持ちは、なんとなく想像できる。その凝ったネーミングに、もういい、という気持ちになってしまうのか、十分わかったような気になってしまうのか。

「青りんごなんでしょうね？」

「そうなんですよ。西洋のグラニースミスという、よくお菓子に使われる酸味の強いりんごがありますね。日本の寒冷地では栽培が難しいと言われていたのが、青森で育種に成功しまして、しかも生で食べられる、酸っぱくて味わい深くとても美味しいりんごになったんです。このりんごの味を待っていた人は、多いと思うんですよ」と、私は一気にそう伝えてみる。

「売ってます？」

「いや、それはまだあまり」

ここで相手は、ますます引いてしまう。

なんだい、もうちょっと付き合ってくれたっていいじゃないかと内心では思いながらも、私はりんごのように微笑む、ことにしている。

このりんごを私に教えてくれたのも、黒石市にある青森県産業技術センターりんご研究所にいらした、私にとってのりんごの先生のお一人である、櫛田俊明さんだった。

以前お話ししたときに、日本のりんごは甘くなりすぎではないだろうか、海外の小さくて酸っぱいりんごが好きだ、などと勝手な感想を言っていたら、ある日、このりんごを試食させてくれた。

「このりんごは、きっと谷村さんは好きだと思うよ」

かじってみたら、恥ずかしいくらいに好きな味わいだった。甘酸適和《かんさんてきわ》といううりんごの味わいを表す用語があるが、このりんごは、私の中でどんぴしゃな適和をもたらした。

櫛田さんが試食させてくれたのは、ある年の青森県で行われていた「いいりんごの日」(十一月五日なんですよ)のイベント会場でのことだったが、翌年もまた同じ会場でこのりんごの試食ブースが出ていて再会。やはり思い込みではなく、どうにも惹かれる味だった。

いくつかのラジオ番組などでこのりんごについて話していたら、ある日、青森県のりんご対策協議会で仕事をしている、りんごの桃子さんが、研究員の今智之さんと会わせてくれた。今さんこそが、このりんごの育種に携わられた方だ。

今さんも、かつては櫛田さんと同じりんご研究所の一員だったが、このりんごの完成とともに、研究所を辞めた。県の組織の中では、このような酸味の強いりんごは、すぐに一般に普及させることはできないだろう。だが自分は、このりんごに賭けてみたい。その情熱の一心で、このりんごを栽培してくれる農家とともに、「はつ恋ぐりんの会」を発足。今は会長を務められている。

りんごの命名も今さんによるもので、当初つけたかった初恋グリーンという名は、すでに商標登録が他にあって叶わず、ぐりん、となったそうだ。はじめて食べたこのりんごの味へのときめきが、いかに深かったのか。はつ恋の言葉をあてて、人生を託し歩まれている。

このりんごは、果皮が鮮烈な青緑色で、表面には光沢があり、前回ご紹介した杉山ご夫妻の本『青森県のりんご』では「翡翠の玉」という言葉が用いられている。まさに、台座の似合う美しさ。グラニースミスのような扁平な形ではなく、整った球形にはひじょうに存在感がある。

売り文句は〈初恋のような甘酸っぱさ〉と、意外性はないのだが、食べてみると味の濃さにきっと驚くはずだ。酸味だけでなく、しっかり甘みもあって、香りも豊か、さくさくしている。

こう書いているだけで、もうたまらない恋しさが溢れてくる。相手はりんごですが。

さて、このりんごには、解禁日がある。

その日を知って、さらに心の奥底をぎゅっとつかまれたような気持ちになった。

十月三十日。世の中では、初恋の日。藤村の「初恋」が、明治二十九年の「文學界」に発表された日にちなんで、この日は初恋の日と呼ばれているらしいのだ。

二〇一七年は、青森ではその前日の十月二十九日が解禁日とされた。偶然ながら、それはなんと、私の誕生日である！

いつか、その光り輝く青りんごのたわわに実る畑で誕生日を迎えてみたい。甘酸っぱい香りの青い風に包まれたなら、よみがえってくるのは……、自分の初恋は、もう忘れました。

3 ああ、名月や

リンゴの木がどこへ旅しようと、
その実からは多くの変種が生まれる。
1本の木から数千の変種が生まれれば、
最低でも1種類は
新たな土地で生き残れるというわけだ。

『リンゴの歴史』
エリカ・ジャニク／甲斐理恵子訳

久しぶりにアジアを旅してきた。

インドネシアは、これまでバリ島にしか出かけたことがなく、首都のジャカルタに滞在したのははじめてだった。

雨季のおしまいの時期、連日のスコールを覚悟して行ったのだが、雨にはほとんど降られなかった。一方、頭上に降ってくるように感じられたのは、あちらこちらのモスクから響く祈りの声だった。

観光客は、基本、タクシーでの移動を勧められるが、信号などの整備が間に合っていないのか、幹線道路はこぞって大変な渋滞だ。地元の若い人たちは、二人乗りのスクーターをバイクタクシーにして身軽な感じである。

ゴージェグ、グラブという二大グループに最近はウーバーも新規参入したらしく、それぞれのスクーターが魚の群れのように列を作って走っていた。

「雨が降れば、渋滞も和らぐのですが」

運転手さんがため息混じりに言うので理由を訊ねると、そうしたスクーター軍団が雨宿りをするから、とのこと。

大変不思議だったのは、頭からスカーフをかぶり、肌の露出をことごとく避けている女の子たちも、スクーターの後部座席には平気でまたがっていることだ。ドライバーに抱きつくことは、よしとされるのだろうか。と見ていると、ほとんど誰も、ドライバーの体には触れてもいない。自分の両手は固く膝の上に置いていたり、時には胸の前にクロスしていたりして、隙間を作ってうまくバランスを取っている。ぎごちないような、たくましいような。

と、りんごに関係のない話でここまで書き進んでしまった。現地は雨季のおしまいの頃、果物は豊饒の限りだったのです。

ジャカルタを離れて飛行機で東へ。ジャワ島の中部、のどかなジョグジャカルタへ移動した。スターフルーツ、マンゴー、バナナが道端に山積みで売られている。「ドゥーリアン」、と地元の人が愛情を込めて呼ぶドリアンやランブータンは、そろそろ時期がおしまいの頃という。ｓｏｔｏとはｓｈｏｐのことで、ちょっと郊外に進むと採れたて果物のｓｏｔｏがたくさん並んでいた。

今回食べた様々な果物の中で、私が一番美味しく感じたのは、ｄｕｋｕという、ライチを小さくしたような実である。〈ｄｕｋｕ ｄｕｋｕ〉と手書きの看板を掲げて売っている人も多く、どこか山中から採ってきたような印象を受けた。

「ｄｕｋｕ、あ、ここにも」

などと渋滞の道中で私がつぶやいていたのが聞こえたらしく、英語の話せる運転手さんが、「ｄｕｋｕは今が季節なんだ。ライチよりずっと安いよ。そんなに欲しいなら、買おうか？」とまで言われたから、よほど欲しそうに見えていたのだろう。あの、茶色く乾いた皮に歯をたてて、ぱりっと割ると、中から半透明の実が出てくる。実は薄くて、中央には結構大きな種が待っているが、一つ一ついじましくかじっては、一粒ずつの仄《ほの》かな味わいの違いを楽しむような時間が、私は好きだ。

毎朝りんごをむくときの、新たな味わいへのときめき……、一粒ずつのｄｕｋｕは、その小さい版である。ｄｕｋｕ、日本でも買えたらいいのにな。しかも、安く……。

いかん、りんごである。

ｓｏｔｏでは、我らのりんごは一度も見かけなかった。ジャカルタのホテルでは、部屋にも、朝食の場にも置いてあったが、あれらはそうか、この国のものではない？　それはそうだよな、赤道直下、インドネシアの熱帯雨林気候で、りんごは採れないよな、と改めて気づく。

それでも、もちろん食べてみた。ホテルの部屋に備え付けのナイフとカッターボードを使って。りんごをむくのは、もはや慣れたものである。

ただ、あんまりいい予感はしなかった。切ってみても、りんごの香りがしない。

たまたまだったのかもしれないし、期待しすぎたのかもしれないけれど、インドネシアでどうにも美味しくなかったものの一番が、りんごだった。甘くも酸っぱくもなく、どちらかというと野菜のような青い味が口に残った。

後で調べてみたら、熱帯雨林気候のインドネシアではりんごはほぼすべて輸入品だが、国内で生産をしてきた場所が一つだけ、東ジャワ州にあるという。植民地時代にオランダ人が苗木を持ち込んだが、なかなか輸入品には勝てず、生産は減っている。

じゃかるた新聞に「スラバヤの風」というコラムを連載されていた松井和久さんによると、いっときはこの「りんご栽培は拡大し、りんごを使ったドドール（日本の羊羹に似た菓子）、クリピック（スナックせんべい）、りんご酢などが作られ、りんごを自分で摘める観光農園も広がった」と書かれている。

あんなに果物が豊富な土地でも、りんごの味わいも求められてきたのがわかる。

春は旅が続いていて、国内でもりんごの産地へ一か所出かけた。

私が観光大使をしている、北海道の七飯《ななえ》町である。駒ケ岳の裾野、大沼・小沼などの湖沼群を抱える自然豊かな町だ。

函館からこの町へと車で入っていくと、国道沿いに大きな看板がかかっている。

〈西洋りんご発祥の地〉

この意外な歴史については、前作の『ききりんご紀行』にも書いたので、ぜひ読んでください。

明治四年、黒田清隆が洋行先から七十五種ものりんごの苗木を買い帰って、りんごの普及に乗り出す。青森には翌年になって三本の苗木を送っているのだが、最初に栽培を託した場所が、七《なな》重《え》（当時はこう書いた）官園だった。

官園では、ドイツ人のガルトネルが広大な土地を耕し、ドイツの農業技術や洋なし、さくらんぼなどの栽培を伝えていた。

七飯町は今もりんごの産地で、新しくオープンした道の駅のロゴも、りんごのデザインだ。りんごといえばやはり青森が質・量ともに、ダントツ、すごすぎるわけだが、七飯町だって発祥の地としてがんばっている。そもそも、始まりの頃に青森へりんご栽培の技術を伝えに海を渡って出かけたのは、七飯町のおばあさんだった、とも聞く。

この話を何度か青森の方にもしてみたのだが、あまり話に乗ってもらえぬままであり、これもまた、私の宿題である。

七飯町で生産されているりんごはふじをはじめ、紅玉、つがる、王林、ジョナゴールドと有名どころが並ぶが、つい最近、新しいりんごが期待を担った。

名前は〈ななみつき〉、である。

このりんごは果皮は全体に黄色で、形はどちらかというと円錐形、陽に当たった面は仄かに赤く色づく。色も形も、宮崎などで採れる国産のマンゴーに少し似た印象がある。

蜜入りがよく、みずみずしく、甘みも香りも深い。私は二年連続でこのりんごは「とまらないほど、おいしい」と、ノートに綴っている。

人気が高いようで、大きな玉は、百貨店では高級品として売られ始めている。

〈ななみつき〉の名前は、町民からの公募で付けられた。

七飯町の「なな」に、蜜入りで「みつ」、そして「つき」の二文字こそが、ちょっと重要である。

実は〈ななみつき〉は、品種としては、〈ぐんま名月〉そのものなのである。群馬県で育種されて、その名が付けられた。親の品種をたどっていくと、ゴールデンデリシャスや国光が出てくる、それだけで毛並みの良さを感じさせる堂々たるりんごで、ここ数年は、東京のスーパーマーケットなどでもよく並ぶ。「青森りんご・ぐんま名月」、などと表示されていることもあって、ちょっと戸惑う方もあると思う。

「月」と付くりんごは大抵、黄色いりんごだ。たぶん夜の果樹園を歩くと、夜空にぽわっと月のように見えるのだ。

本当だったら、七飯町で栽培するにしても〈ぐんま名月〉なわけなのだが、西洋りんご発祥の地では、どうにもそれをよしとはしなかった。群馬県じゃないのに〈ぐんま名月〉を生産するのもね、という理由なのか、新しくブランドネームを商標登録した。

これについて群馬の人たちがどう思っているかは、今度訊いてみるつもりだ。

だけど、群馬の皆様、〈ななみつき〉って名前もなかなか素敵ですよね。


話をさらに発展させてしまうが、販売上のブランドネームを持つりんごは、他にも少なからずある。私が好きなりんごでは、岩手で〈プレミアム冬恋〉として売られる、八個で一万円ほどもするスカーフスキンのりんごも同様、もともとの品種は、岩手で育種された〈はるか〉である。

このはるかは、酸味が極めて少なく甘いので、動物たちにも狙われるそうだ。宮城の気仙沼でも作られているのだが、最近、果樹園にこのりんごを食べにくる動物が現れた。野生化して都内でもよく発見される、ハクビシンである。

ハクビシンは見事に味を食べ分けていて、適度な酸味もあるふじの方はまったく食べず、はるかばかりを襲うというのだから、やけに好みがはっきりしている。

動物に食べられると農園は困る。

けれど元来は、あらゆる果実が動物によって「旅」をして、新たな地での実りを繰り返してきた。

ここで、話はまたぐるりとインドネシアへと戻る。

インドネシアの名産品の一つに、ルワックコーヒーというのがある。コーヒー豆としては、現地でもかなり高価である。

この豆は、麝香猫《じゃこうねこ》の○○○から採取するので、別名〝ウンチ〟コーヒーである。あ、書いてしまった！　つまり、一度麝香猫の体を通してそのまま排泄されたものを天日干しにして、改めて炒っていただく。

私は猫も好きだし、コーヒーも好きだ。以前、友人に土産でもらって忘れられぬ芳香だったので、今回も迷わず買うつもりで、郊外の生産地へ立ち寄った。

見事な展示販売であった。麝香猫は、樹上の小屋で大切にされていた。だがその姿は猫というよりは、狸に見えた。
○○○と一体になった豆は、それだけで小ぶりのトウモロコシのごとく塊になっており、大きな籠に入れて段階別に天日干しにされていた。最初の段階は、まさに固まったそのものであった。

「ここでも飲んでいきますか？」

「は、はい、飲みます」

それは、飲んでみなきゃ。だいたい私は以前すでに一袋分、たっぷり飲んでいる。

しかし、同行者たちの中には頑《かたく》なに「ウンチコーヒーでしょう」などと、首を横に振る人たちもいた。中には、このコーヒーを採取するために麝香猫を不当に捕獲して強引に豆を飲み込ませたドキュメンタリー番組について話す人もいた。そんな中で、娘は珍しく私を勇者のように見上げた。

そのとき私に浮かんだ。ハクビシンが食べた〈はるか〉のりんごの種も、消化されずにそのまま地面に落とされていたらどうか。この種から育つりんごがあるかもしれない。

ハクビシンよ、各地を旅をすべし。

4

まだ花のときに選ばれる

七十八歳だという長老格のおばあさんが、
陽気な仕種で、合財袋から大事そうに、
ひどく不器量でしなびたリンゴを取り出し、
くるくると回しながら、スプーンで掘るようにして、
「ロシア式食べ方よ」と伝授してくれる。

『ベラルーシの林檎』岸惠子

〈津軽ではりんごの花で二度目の花見〉

いつだったか東京の地下鉄に、そんなコピーの躍る、大きなポスターを見た年があった。

うまいなあ、と思った。

ちょうど桜の花が散り終わる頃、りんごの花は咲くそうだ。

残念ながら、私はその時季の津軽を歩いたことがないのだが、白いりんごの五弁の花からは、まるでりんごそのものの香りがするのだというではないか。風に乗って、甘酸っぱいりんごの香りが届く。もっともりんごに飢えているその季節に——。

それで二度目のお花見とは、りんごの樹の見える場所に住んでいる人はいいなと羨んでいたら、お手紙が届いた。その人はいつも、時候の挨拶のように、りんごの状況を書き添えてくれる。

〈りんご園では、摘花が始まりました〉

そう書かれてあった。

りんご園のお休みは、ほとんどないに等しい。まだ雪が深く積もっている時季に、もっとも難しい作業と呼ばれる剪定《せんてい》が行われる。

りんごの樹と話すように、この作業をしている人が多い。

剪定の仕方にもそれぞれ個性が宿り、無肥料栽培をしている青森県平川市の工藤果樹園では、高く伸びていく枝をできるだけ切らずに、樹木のエネルギーの声に耳を傾けている。そこで作られるりんごは、その独特の樹形より、「もひかん林檎」、と名付けられ販売されている（工藤さんの髪型は、もひかんではありません）。

雪解けになれば通常は、肥料を与え、草刈りをして、下草を管理する。ここで農薬を散布。花が咲くと、さらに忙しい。摘花に受粉作業、りんご園の人たちのお花見は、この作業そのものなのかもしれない。

「摘花」は、テキカと読む。

りんごの作業には実を選別する「摘果」もあって、こちらも読み方は同じで、テキカ。摘果されたりんご、つまりハジかれたりんごだけで作った「テキカカシードル」という製品は、うまいネーミングもあって人気を集めている。摘果には、実すぐり、という別の呼び名もある。

当然ながら、順番では摘花が先にくる。りんご園の一帯に咲いているであろう花の大半を、摘んでいく作業である。なぜ摘むかといえば、美しい花だけが選ばれるからだ。

りんごでは、一つの株に五つくらいの花が咲くが、その中の一番際立って美しい花だけを活かし、あとの花はみんな摘んでしまうのだ。一番姿のよい花は「中心花」と呼ばれ、たった一輪だけが残される。この事実を前にして湧き起こる感情は、私の場合、少々卑屈である。

「中心花」と呼ばれる花に対する、このやっかみにも似た感情はなんなのか？　大体、自分は花なのか？　自問自答しながら、一度、りんごの研究員の方に、花をすべて残すとどうなるのかを訊いてみたことがあった。

確か、それではだめというわけではないとおっしゃっていた気がする。ただ、残された花の数だけ栄養がまんべんなく行き渡ってしまうので、いずれのりんごも小さくなってしまい、翌年の花が望めないという話だった。

ほら見たことか。中心花って奴は、栄養だって独り占めするんだぜ。

と、またやっかんでみる。

ところで、摘花という字の並びを見ると、ふと思い出す名前はないだろうか。

『源氏物語』に登場する、末摘花《すえつむはな》の君だ。

源氏全五十四帖の第六帖に登場する末摘花の君は、美男美女ばかりが繰り広げるこの物語にあって、かなり特異な存在である。家柄は高貴だが、父を無くし困窮した状態にある姫と聞きつけ、源氏は関心を抱く。訪ねてみると、後ろ姿の黒髪こそ美しいものの、前を向けば大きな鼻は垂れ下がり、鼻先は赤い。その鼻先が紅花を想起させるからと源氏がつけた名が末摘花のようだが、この姫はある意味、純真に源氏を待ち続け、結局最後は源氏の屋敷に迎えられ幸せに生涯を終えるという、物語の中でも印象的なストーリーを託された姫である。

「中心花」とは対象的な印象の末摘花だが、紫式部は不美人の代表であるこの姫君に幸せを与えた。人は美しいものが好きだ。ただその美しさとは、その時代ごとに少しずつ違うようだし、動物も美の基準を持っていて、たとえばクジャクの羽は目玉模様が多いほどモテている、という進化論上の研究が発表されたのは、私が二十代の頃だったからもう三十年近くも前である。

りんごの中心花のごとく、美しい花が選ばれるミスコンテストに、私は案外そそられる。鍛え抜かれ、作り上げられた美女は少しアスリートのような感じがするが、もっと素朴な地元のコンテストに惹かれる。ああ、人知れずこのような美しい人が、どこかで生きていたんだなという感動を覚えることがある。

おそらく、昔の女優さんたちは、そうして出てきたのだろう。この世のすべての人を驚かせるような、圧倒的な美しさを誇っていたのではなかろうか。

女優の岸恵子さんとはあるとき、エッセイコンテストの審査員でご一緒したことがある。『ベラルーシの林檎』を執筆されたばかりの頃で、署名をいただいたその本はまだ大切に持っている。実は近々ベラルーシへ行くことになり、改めて書棚から取り出した。

ご自身のことも綴られている。

戦後の焼け野原から現れた痩せた美少女は、瞬く間にスターとなり、フランスへと渡る。フランスでは、人形のような日本女性を、人々は愛でるようにまぶしく眺めた。

だがそこで岸さんは、重層的な人種差別と出会う。

岸さんがその後、世界的な視点でのレポートを、テレビや活字で続けられているのは、ご存じの通りで、『ベラルーシの林檎』も、そうした活動を通じてまとめられた著作だ。

私は長らくここに書かれていたりんごの描写を忘れていた。東欧は大きく動いていた。旧ソ連の人たちが、ワルシャワへ買い出しに出ている。その帰りの、サンクトペテルブルグまでの長距離列車に、ベラルーシのおばあさんが乗っている。

自分の合財袋から、しわくちゃの小さなりんごを取り出す。ナイフではなく、スプーンを使って実を掘るようにして食べている。半分食べて、残りの半分はまた皮で蓋をした。

ベラルーシやその隣国のポーランドは、歴史の中で、幾度も他国の領地となり、国境の線を引かれ直してきた。一国の存在が、まるでそのしわくちゃの小さなりんご、そのものだと、改めて感じさせてくれる描写だった。

このおばあさんが、日本の「尊大な容姿で鎮座している」りんごを見たら、自分のと同じ種族の食べ物だと思うだろうかとも、岸さんはユーモラスに書かれている。

花のような美しい方による、凛々しい文章。

りんごにちなんだミスコンテストも、青森にはある。その名も、「ミスりんご」。私もりんごの祭典などで何度か会ったが、素朴でりんごのように奥ゆかしく優美な印象だった。赤いスーツに赤い帽子で、青森りんごの宣伝のためにアジア諸国まで回るタフな役割のようだが、いつもにこにこ微笑んでいる。

ときには、りんご農家のお嬢さんが選ばれ、ミスの一人が農家を手伝いながら、その役目を果たしていたこともあった。彼女は、自分も手伝って収穫したりんごを、東京で行われたクリスマス会で皆にふるまってくれた。

りんごの種類は、こうとく。漢字だと高徳とあてられる。登録されたのは、一九八五年で、青森のりんご試験場長が退職後に自分の農園で育種を始めたが、完成したのは亡くなった後。その役を引き継いだ方々により、はじめは向陽という名前で登録された。

このりんごは、ふじよりも小さい小玉である。特徴は、蜜がとても多く入り、ぎっしりと皮の付近にまで入る実も収穫される。東京などで見かける場合は、こみつというブランド名になっていることが多い。その名とともに究極の蜜入りりんごとして近年、百貨店などでも売られるようになったはずだが、はじめは果実が小さく、蜜にもバラつきがあり、普及にはなかなか苦戦した品種なのだそうだ。

蜜がたくさん入っているかどうかは、私には実を割らずにわかる。それは私が手かざしの能力を身につけたからである、なんていうのはもちろん真っ赤な嘘である。

ミスりんごさんが、会場の皆に教えてくれた次第。電球などの強い光にかざすと、蜜がたくさんあるこうとくは、その果皮の内側が透けて見える。なんと、部屋を暗くすると、スマフォの灯りでもこのりんご蜜はアンティークの丸い照明のように光る。

いただいたこうとくは艶やかで、手のひらに程よくのり、できたら飾っておきたいほどの愛らしさだった。香りもよく、切り分けても果肉は硬くひきしまって、色みも強い。おやつの風情。私は小さなお皿にのせてその甘みと酸味を味わった。ミスさんが自分の手で、このりんごの収穫をしたんだなと思うと、思いはひとしおだった。

ミスりんごたちも、美しい花だ。美しい花の中の花たちは、いつの時代にも人に喜びを運ぶ役割をしている。

中心花を妬むなかれ、とりんごに教わる。

5

豊満であれ

折しも「りんごの樹の下パーティ」があって、
私はサンドイッチ持参の約束をした。
友人の詩集出版を仲間うちで祝うパーティで、
すかさずサンドイッチを
このフキの葉にくるんでみた。
案の定人の目を集め、マジシャンよろしく
勿体ぶって開くと歓声が上がる。
「おしゃれね」という声も。

『明日も林檎の樹の下で』片山良子

初夏、ベラルーシから戻り、すぐに山形へ。どちらの旅先でも、りんごに出会えた。

「白ロシア」を意味する東ヨーロッパのベラルーシでは、途中、神学校の宿泊施設に一泊させてもらったのだが、朝食をとる丸い天井の静かな部屋に、土地のりんご。黒パンや、ビーツの料理の並ぶ長いテーブルの中央に、りんごはこんもりと置かれていた。

日本で言うスモモくらいの大きさだ。あちこちに傷があり、手のひらにおいて眺めていると、「きっと、その辺りで採ったりんごですよ」と、法衣姿の先生が教えてくれる。

だけど、美味しかったな。特別甘くもみずみずしくもないけれど、養分がぎゅっと凝縮されたような味と甘酸っぱい香りが、口の中に広がる。手のひらに収まる大きさも愛しい。

先述の岸恵子さんの『ベラルーシの林檎』でおばあさんがスプーンで食べたりんごも、このくらいの大きさだったのかなと想像する。

私も、ところどころ黄色味がかったりんごを、頼んで少し分けてもらい、道中もかじっていた。

帰国して荷ほどきをする間もなく、山形へ。

前作『ききりんご紀行』も担当してくれた、担当編集者Yさんとの久しぶりの旅だ。

彼女の山形の知人に、朝日町の和合平《わごうたいら》という、それは美味しいりんごを作る集落があると聞き、訪ねさせてもらった。和合平では、二軒のりんご農家の方々に会った。

まず、韓国の出身のチェ・ジョンパルさんとは、道の駅で待ち合わせだ。少し早く着いたので安心して、地元の人に勧められたりんごソフトクリームを大口を開けて食べているところに、胸に〈朝日町〉と染め抜かれた紺色のTシャツを着た、ジョンパルさんが現れた。かなり印象的な出会いになってしまった、気がするが、ジョンパルさんは清々しい笑顔である。

今は、奥様のご実家である三ヘクタールほどのりんご農家を継いで、ご夫婦で清野りんご園というりんご園を営んで、ここから直接果実や加工品の出荷も行っている。

山形はサクランボが有名だが、実はりんごの収穫でも日本で三、四番目を競う県になる。朝日連峰、蔵王山系、月山丘陵などの山々に囲まれた丘陵地帯、山間の集落であった和合平は、明治期には養蚕で知られたが、今はりんご農家が四百五十軒ほども数える。

青い空に迎えられて車で集落へと登っていくと、登り口に大きな看板があった。

〈無袋ふじ　発祥の地和合〉

袋がけせずに作る「無袋」のりんごに、「サン」をつけて呼びはじめたのは長野県で、今は〈サンふじ〉〈サンつがる〉などのサン付けが主流だが、山形では今も「無袋」と呼ぶようだ。

陽光を浴び、少々色黒でも美味しいりんごができる。蜜もたっぷり入るので、長期保存には向かないし、はじめから売り切るのが前提のりんご作りなのだ、とわかる。

清野りんご園は、集落の中でも高台に位置し、広々として見晴らしがよく、さらりとした風の吹き抜ける場所だった。ご夫婦は、東屋も作っている。ここで芋煮会やバーベキューをすることもあるし、農作業の合間に少し昼寝をすることもあるそうだ。

ポットに詰められたお茶や、ドライアップルをごちそうになりながら、お話をうかがった。

「とても美味しいりんごを作ると聞いていますが、特に秘訣はありますか？」

そう、うかがうと、ジョンパルさんは、無袋であるのもその一つだが、

「この地域の気温の高低差だと言う人もいます。あとは、川霧っていうのがいいのかなと思います」

と、教えてくれた。

朝日山系から吹き下ろす風、また県内を流れる日本三大急流の一つ、最上川から立ち上る霧、このミストも果物にいいのではないかとのこと。できるだけ農薬も減らしているそうだ。

和合平ではもう一軒、くだもの中屋を屋号とする、菅井ご一家のりんご園を訪ねた。

ちょうど手伝いの人たちが、地面にブルーシートを敷いて、お茶を分け合いながら休憩をしていた。今行っている作業が、まさしく前章でも書いた摘果だった。

「摘花なら中心花だけを残すんだけど、花の状態で摘み取るのは大変なのでね、うちではこの時期に摘果するんです」

そういうのも、ありなんだと私ははじめて知る。花が散り、まさに実がふっくらと、オリーブの実の大きさほどに膨らみかけたところだ。中心花だった実は中央で一段とぷくっと膨らみ、上を向いている。その周囲を、側花だった小さな実が囲んでいる。

「中心花の実は豊満でしょ。人は生まれより育ちってこともあるかもしれないけど、りんごはどうしたって生まれなんです。中心花の中でも、特別いいのだけ残してあげて、あとはまた来年頼むよって声をかけながら、摘んでいくんです」

そうやって一心に期待を集めて残される中心花ってやつもなかなか大変なのがわかる。

「中心花から一日、二日遅れで他の花が咲く。つまりこれは、保険なんだよね。中心花のタイミングで霜がおりたら、みんなやられてしまうでしょう」

側花は保険か。膨らみはじめた実に「豊満」という表現を当てるのにも、山形ではじめて出会った。他にも、十月前後に収穫される「中生種《ちゅうせい》」の品種のことも、山形では「中手」と呼ぶらしい。

菅井さんは若くして、無肥料栽培に挑んだ。四ヘクタール以上のりんご園で収穫されるすべてを、注文を受けた個々人にのみ発送して三十年、よほど自信がないとできない営みだ。

「今はさすがに樹木が弱ってきたように感じて、少し肥料もやります。俺も守りに入ったのかな」

彼と私とは同い年、まったく別の場所で生きてきたのに、どこか同級生のように感じられる。

またこちらでは、パイナップルりんごというりんごを販売している。聞けば、品種はこうとく。青森では、こみつというブランド名で売られることもある、蜜がたっぷり入る小ぶりなりんごだ。独自の名前をつけた理由は、息子さんが小さいときに口にして、「パイナップルみたいな味だ」と言ったからだそうで、商標登録も済ませたその息子さんが、今では結婚して、若夫婦で後継ぎとなっている。りんごの他には桃の栽培にも挑戦し始めたそうだ。

山形は、りんご栽培がどこか自由な印象を受けた。

一度、安住紳一郎さんの「日曜天国」というラジオ番組にゲストで呼んでもらったときに、安住さんが面白い比喩を言葉にされた。

「青森のりんご作りは、甲子園でいうところの強豪校のような印象ですね」

他県と青森の違いを的確に表していて、それ以来ずっと記憶に残っている。

朝日町では、昭和四十年代に、有志六十三名で、有袋の安定を捨てて未知の無袋栽培へと乗り出した。以来、自由な挑戦が尊重されてきたのだろう。集落の登り口の看板は、その決意表明だ。今は移農する若い夫婦も現れているそうだ。風に乗ってやってきて、この地で風を浴びる。

それぞれの場所で、見渡す限りのりんご園で豊満な実が、農家の人たちの手で一つ一つ選別される。一見で、果てしない作業を想像できるようになったのが、今回の旅の収穫だった。

6 夏りんご

林檎くふて牡丹の前に死なん哉

明治三十二年、福田把栗と寒川鼠骨が、牡丹の鉢を持って見舞いに来たときの子規の句と言われている句会に所属している。

俳句は苦手だな、と思いながらもう十年以上になるのは、ひとえに句会メンバーの楽しさのおかげである。

東京俳句倶楽部といって、設立されてからはすでに四半世紀を超えた。

写真家の浅井慎平さんや、亡くなられた俳優の渡辺文雄さんが音頭をとって始められた。会員にはクリエイターが多く、個性豊かだ。月に一度集って、呑みながら食べながら、四つの季題で俳句を詠む。最後に選句はするけれど、誰も他人の俳句を手直ししたりはしない。その人らしいことが尊重されていて、楽しいのだ。

昨年の秋だが、この会に私は、りんごを持参した。

ちょうど青森で収穫されたばかりの美しい「トキ」が手に入り、こちらを両手に紙袋を提げて運んだ。賄賂である。必ずや、私の句を一句は選んでくださいね、の下心。

黄色の「トキ」は目にも鮮やかで、女優の藤田弓子さんや戸田菜穂さんたちとは、思わず「トキ」と写真を撮らせてもらい、しばし遊んだ。

先日、六月の句会で、イラストレーターの矢吹申彦さん（実はこのご縁で本書の装画をお願いした）に訊かれた。

「ねえ、姫ねずみ。あのときのりんごは、何りんごって言うんだっけ。大きくてまっ黄色のさ」

書記の女性が、代わりに答えてくれた。

「あれ、トキじゃなかったですか？」

「そうです。トキは中生種といって、もうじき出てくる早生種と、ふじなどの晩生種の間の、中継ぎになるりんごです」

と、私ももっともらしく答える。

「トキ」という名前は、この品種を交配育成した、土岐傳四郎さんにちなんでつけられたのですよ、とも言いたくなるが、私のりんご話が止まらなくなるので、そこはぐっと飲み込む。

ちなみに、姫ねずみというのは私の俳号で、大学時代に私が研究対象にしていたヒメネズミという種名から取った（ネズミには、ミカドネズミというのもいるのだから、高貴なのである）。

「あのりんごは、ものすごく美味しかったな」

そうおっしゃる矢吹さんは、とても痩せている。人生で史上最高の体重をうかがって、今の私とほぼ同じなのに驚いた。お痩せになっている上に、いつもおしゃれなのでご自身が絵になっている。

そういう方に美しい「トキ」を褒めてもらえたのが、妙にうれしかった。

矢吹さんはこうも言った。

「早生種って、祝とかでしょう。夏に出てくる青りんごだよね」

さすが、俳人たちは季節に敏感だ。

「祝」を知る人は今ではずいぶん少なくなったはずだが、確かに夏のりんごである。

初夏には極早生種《ごくわせ》のりんごが高級果実店などには並び始めるはずだが、最近の品種でいうと、「夏緑」や「恋空」など。それってりんご？　という名前がつけられている。

いずれも小ぶりで、「夏緑」は、その名の通り鮮やかな緑色、お盆のお供えにもされるりんごだとも聞いている。

そうだった、確か「夏緑」は、花粉親をたどると「祝」に行きつくはずで、「恋空」はさらに、この「夏緑」を片親とした可愛らしい真っ赤なりんごだ。

去年Yさんが見つけて送ってくれた初りんごは「恋空」で、実の引き締まったりんごだった。

この夏りんごたちの親ともいえる肝心の「祝」を、ただただ昔のりんごのように私は感じていたのに気づく。大体、食べてみたのも一度きりだ。

日本で一番古いりんごの樹が青森県つがる市に三本あって、それぞれ明治十一年生まれなので、もう百四十歳を超える。うち二本が「紅絞」で、残る一本が「祝」。いずれも堂々たる大樹で、今もたわわにりんごを実らせるのは、手入れをする方々の愛情を感じさせる。

私が一度分けてもらったのは、この「祝」の貴重な果実で、すでに冬であり、もう数ヶ月は保存されたものだったろうか。それでも、まだしっかり実が締まっていたのだが。

そうだった、「祝」は夏のりんごだったのだと思い、帰ってから、机に向かって杉山ご夫妻の『青森県のりんご』のページを改めて開いた。

すぐに「祝」のページを見つける。この本に満ちている澄んだ言葉は、いつもすっと入ってくる。

なるほど、「祝」は日本に導入されたもっとも古い西洋りんごの一つ。明治四年に、開拓使によって運ばれている。その名が「祝」となったのは、ずっと後で明治三十三年になってから。それまでは、弘前藩の家老である大道寺繁禎氏のお屋敷で栽培されていたことから、「大道寺中生《だいどうじなかせい》」、略して「大中」と呼ばれていたそうだ。

また同じ青森県内でも、南部地方では「なるこ」、「なりこ」などと呼ばれていた。そのわけは、〈果実をたくさんつけることから成子の意味でしょうか〉と、杉山ご夫妻は書かれている。

名前を統一しようとしたときのことを探していたら、りんごの桃子さんが一九七七年に青森県りんご百年記念事業で発行された『青森県りんご百年史』を紐解き、貴重な資料を送ってくれた。

明治三十二年、政府により導入された西洋りんごの名称は、土地ごとにまるで違った様相を持っていた。この資料によると、北海道では開拓使による品種番号が品種名称となっており、〈新開地で伝統的なものを欠く北海道では〉と、非難されている。

山形県は、いろは五十一文字を当てて、い印、ろ印、と続き、こちらも〈同様な便宜主義〉と、評判がよろしくない。

岩手県は熟期や形状、果色、味覚、芳香などのりんごのあらゆる面を捉え、魁《さきがけ》、尖円満紅《せんえんまんこう》、などと創造性を発揮していると、評価されている。

そうした各地のメンバーが招聘されて第一回目の苹果（西洋りんごの呼び名）名称選定会が、仙台市議事堂で開かれるのだが、こちらはたちまち紛糾したと書かれている。

〈出席者のほとんどが士族で、旧藩時代の閉鎖的対抗意識を潜在させていた上に、苗木販売、果実販売に独善的な優越性を主張してきたものの集まりである〉

実に日本的な会議ではないか。

しかし、こうした会を積み重ねる中で、脱会した県もあれば、新規参入の県も出てきて、最終的には、鹿児島藩士の六男であり、藩の命令でフランスへの留学も経験していた前田正名が名称決定を一任された。その際、紅玉や国光の名も決められるのだが、当時「大道寺中手」と呼ばれることの多かった夏りんごは、「祝」となった。

ちょうど後の大正天皇となる皇太子嘉仁親王のご成婚があり、この慶事にあやかったものとされるが、前田氏は正岡子規の弟子である俳人寒川鼠骨《さむかわそこつ》と親しく、知恵を借りただろうと言われている。（なんと、鼠《ねずみ》さん！）

「祝」はアメリカでは、「American Summer Pearmain」という品種になるのだそうだ。やっぱり、夏のりんごなんだな。

Pearmain（ペアメン）とつくりんごは、「ウースターペアメン」がヨーロッパでは広く普及している。ペアメンは、洋梨を逆さまにしたような形のりんごの総称である。

「祝」は青りんごであるが、熟してくると、陽に当たった面は果皮に赤褐色の縞模様が現れ、私にはそのくすんだ色の印象が強かった。〈葉陰のものは、いつまでも青いままです。昔風のいわゆるりんごらしい味のりんごなので、ぜひ熟したものを食べてほしいと思います〉とも杉山夫妻は書かれている。

今年はぜひ夏のうちにこのりんごを食べてみよう。手にのせて、青い色を見つめて、香りをかいで……、割ったときのときめきを想像する。

ところで偶然なのだが、同じ句会メンバーで、グラフィックデザイナーの、『居酒屋大全』などで知られる太田和彦さんからも、「祝」に関するメールをもらった。

私が前章で取り上げた島崎藤村の「初恋」についての原稿を、読んでくださったそうだ。私はあの詩に出てくる林檎とは何りんごなのだろうと考えている旨を書いた。あの詩の舞台は、藤村の生家のあった木曽馬籠と言われている。今もりんごの産地だが、その時代と林檎という漢字表記、初恋の少女が伸ばした手の先にあるりんごの様子が、私にはどうしても小さな和りんごに思えてならなかった。

すると太田さんは、こうメールをくれた。

〈藤村の詩「初恋」のりんごは、長野県産の「祝」でしょう。

ぼくは藤村の生地、長野県（二〇〇五年より岐阜県に編入される）馬籠に住んでいまして、当地に初夏から出回る青りんご「祝」の硬いかじり心地と酸味が大好きでした。

「本の雑誌」の連載「酔いどれ文学紀行」の次回にそのことを書いたばかりです。

「朝のりんごは王様のりんご」。30年毎朝食べています。父もそうでした〉

こういうの、完敗というのだろうな。

太田さんはその原稿が掲載となった「本の雑誌」も送ってくださった。馬籠では、郷土の文豪を誇りにして、村民たちが手弁当で「藤村記念堂」を建てた。記念堂は、小中学校の行事にも用いられ、そこでは「初恋」の詩が詠みあげられてきた。

そんな太田さんご自身の回想から、旅先への酒へとたゆたうように進んでいく原稿。

ちなみに、矢吹さんの俳号は猿人《さるんど》で、太田さんは七星《しちせい》である。さらに言うなら、林檎は秋の季語で、林檎の花は春の季語だ。

句会のみなさん、また今年も美味しいりんごに出会ったら、持っていきます。賄賂です。

さて、太田さんが馬籠に住んでいたとなれば、ますます完敗には違いないのだが、

〈やさしく白き手をのべて
林檎をわれにあたへしは
薄紅の秋の実に
人こひ初めしはじめなり〉

薄紅の秋の実、なんだよな。

気になるな、「祝」が熟したところだったのかな。

「祝」は、明治時代の七大品種と呼ばれた、主軸となる西洋りんごだった。そこから百四十年あ

まりをつがる市で生き延びた古木は、夏には今もたくさんの実をつけ、県内で長寿のお祝いに送られたり、または果実のない時期にも、長寿や豊作を祈願して、この樹に会いに来る人たちがいる。

樹齢の高い樹を見つめていると、いつも不思議な気持ちになる。そこにずっと立って、その時代ごとの風を受けて、枝を伸ばし、果実をつける。何も言わずに生き続けた樹は、おしゃべりな私とは正反対な風格を持って、とても優しく見える。

昔、遊び人の恋人がいて、その人に身も心も翻弄されていた時期があった。生まれ変わったら何になりたいか、などとばかな質問をしたのは、もう離れたいと思っていたからだ。なんと答えても嫌いになろうと思って向けた質問だった。だが彼は、即答した。

「樹」

半分呆れながらも、結局、嫌いにはなれなかった。

そろそろ大樹の「祝」も青く実り始める。

確かに、お祝いである。今年の収穫が始まる。

7 その家は大きなりんご園の中に

りんごの枝は熟した果実でたわわになっていた。
ある木などは葉がすっかり散り尽くして、
赤々とした果実だけが
真裸で累々と日にさらされていた。
それは快く空の晴れ渡った
小春びよりの一日だった。（略）
豊満のさびしさというようなものが
空気の中にしんみりと漂っていた。

『生れいづる悩み』有島武郎

夏は函館の家に移動して仕事をするようになって、十年が過ぎた。こちらの家の窓からは、港を出入りする船や「函館どつく」の造船所が見えている。原稿を書いている今は、海はとてもきれいな色をしている。少しくすんだような青の色、どこか切なくて好きです。

昨日までは、青森からの友人たちが来ていた。女性のほうは我が家に泊まり、こちらの文学館で毎夏開催している自著朗読会を、手伝ってもらった。また今回は、彼女の高校の同級生だという男性も朗読を聞きにやってきてくれた。

えー？　青森から海を越えて、わざわざ朗読を聞きに？　と思うなかれ。

実は、函館と青森は津軽海峡を挟んで隣同士であり、人は案外手軽に行き来するのです。私は「津軽海峡フレンズ」という野暮な呼称を推奨しているのだが、互いが行ったり来たりする関係は縄文の頃から始まっていたろうと言われており、今なら新幹線で日帰りも難なく可能だが、今回の二人は、新幹線よりフェリーのほうを好んでいて、帰り際、私は港の対岸にあるフェリー埠頭まで見送った。

〈青い海　函館の　港あければ　出船の汽笛〉で始まる「函館ステップ」という唄も、津軽海峡フレンズなら、老いも若きも知っているようなのだが、子ども時代をこの街で過ごしていない私は、この唄を知ったのはつい最近、その友人を通してだった。

毎回友人が元気に歌ってくれるので、こうして朝に、窓の外に広がる海の青さを目にすると、彼女が体を揺らして歌う姿を思い起こし、楽しい気持ちになる。

ところで、今回友人が連れてきてくれた人は、青森の銀行員であった。メガネをかけて、奥様から「指令を受けた」函館土産を、一つ一つ賞味期限を確認しながら買い帰る真面目な人だった。その方のご実家は、りんご農家だという。岩木山の麓でりんご栽培をしていて、平日は銀行員である彼は、週末になるとりんご園を手伝う。

「早生種でいうと、ぼくは、さんさというのがすごく美味しいと思っています。食べてみてほしいども」

「そんなこと言ってねえで、志穂さんに送らねばだめでしょう」

「だけど、さんさっていうのはさ、賞味期限が短いんだ。送っても美味しいかどうかわからねのさ」

「何言ってる。クール宅急便なら、翌日には着くんだよ」

のような、きっとちょっと違うけど、津軽弁が炸裂する同級生同士の会話が最高に面白く、しばらく聞き入っていたのだが、りんご農家の彼は少し心配な話も伝えてくれた。

「今年は黒星病がひどくて、作業が捗りません。ぼくも人が何人も入りそうな深さ三メートルの穴を掘ったんです」

病気になったりんごを地中深くに埋めるそうだ。王林が特に被害が大きかった。すでに緑色に膨らんだ王林の果実に、黒いあざのような病気の痕跡を見つけると、すべて採取して、穴に埋めた。最初は小さな星が、だんだん大きくなって、りんご表面全体を黒く覆う。黒星病にかかっても、初期なら皮をむけば加工品にはなるそうだが、この病気は伝染する。埋めてしまうしかないそうである。

黒星病はウイルス性の病気で、はじめは葉に黒い点が現れる。これが雨に濡れると、胞子が飛んで蔓延し、やがて実にも感染する。青森県内では五月に、黒星病対策を徹底するよう通達が回ったが、今のところはこの病気を撃退する決定的な薬剤などは見つかっておらず、開発途上である。

摘果までしてようやく育ち始めたりんごを穴に埋めていった写真を、彼は見せてくれた。だがどんな話も津軽弁になると、仕方ないもね、という感じで力みなく聞こえる。そんなこともあるんだよな、またがんばらねば、と聞こえる。

不思議だ。「函館ステップ」という唄だって、この間、原曲というのを聞いて、トーンがまるで違うのに驚いたのである。本当はちょっと物悲しいマイナー調の歌だった。

さて今回は、ここ函館から北海道のりんごについて書いてみたいのである。

こちらへ移動する直前に、世界中からシードルが集う東京シードルコレクションに出かけた。入場料を払って、小さなグラスをもらい、それぞれが出展しているブースで注いでもらう。Yさんと私は、前年も参加している。人気を呼んだのか、会場は前年より広く出展も増えていた。

シードルとはイギリスではサイダーと呼ばれ、りんごから造る発泡酒だ。用いられるりんごの種類も製法も様々だが、近年は長野や青森でもシードル造りが盛んになって、国産のシードルが世界でも賞を取るようになってきた。

シードルは香りがよくしゅわしゅわっと丸く泡立つので、調子にのってつい飲んでしまう。コレクション会場では、小さなグラスで、少しずつ味わっているつもりが、最後はだんだん酔いが回ったと感じてくる。酔いが回るほど、どこかにもっと美味しいシードルがあるような気がして、うろうろ歩き回る。

すると今年は、最後の最後で実に印象深いシードルに出会った。

小瓶なのに、一本千六百二十円と高価で、ラベルにも細い金箔のデザインが施されており、かっこいい。どこで造られたのだろうと思って見ると、これが北海道からの出品だった。

北海道のシードル、あるのは知っていたが、味わいが独特だったのは、使われているりんごが

貴重な「旭」だったからに違いなかった。旭のシードルブースの前でじっと眺めていると、

「気に入っていただけましたか？」

と、スタッフカードを首から下げた担当の人に訊かれる。

頷くと、

「うれしいですね。よかったらこれ、あと全部、飲んでいってください」

と、グラスになみなみと注がれた。北海道の豪快さを感じる。

ようしと、気持ちよく飲み干して、この日はギブアップ、コレクション会場を後にした。シードルも美味しかったが、道東のオホーツクで「旭」のシードルを生産していると知ったのは、収穫だった。

実は、最近、札幌のりんご園をめぐる文章も読んだばかりだった。今ではほとんど見なくなった札幌のりんごの樹だが、昔はりんご園が市内のあちらこちらにあったそうだ。

『「生れ出づる悩み」を読む　有島武郎と木田金次郎のクロスロード』という本がある。

有島武郎氏の代表作の一つである『生れ出づる悩み』が出版されて、百年が過ぎたという。若き日の有島氏が、画家、木田金次郎氏と出会う。木田は、岩内という漁村の出身だ。やがて家族の生活のために漁村へと帰っていく、その「君」のこと、そして作家自身も岐路に立つ自分のこと、有島氏は「まぜこぜ」という言葉を用い、両者の邂逅を描いている。

〈僕たちはどう悩んだか　希望か絶望か生活か芸術か〉ストレートな帯をつけられた一冊だ。この小説をどう読むか、というテーマで、私も寄稿者として参加している。

執筆は、捗らなかった。ここ数年で、こんなに何度も書き直した原稿は記憶がない。掲載された原稿も、結局これでよかったのかわからない。わずか七枚ほどの原稿だったはずなのだが。

有島作品は、多感そのもので、他者を思う気持ちに満ちている。それを、自分が書けば、有島氏をただの青臭い人にしてしまうような気がしたが、今どう読むか、の答えはやはりそこにあった。今こそ、有島氏の多感さが、他者に共感する力が溢れ出して感じられた。

仕上がった一冊の中の自分の原稿は読み飛ばしたい気持ちになるが、他の執筆者の皆様は、それぞれの観点で光を当てている。

有島氏は小説の中でこう書いていた。

〈私が君に始めて会ったのは、私がまだ札幌に住んでいる頃だった。私の借りた家は札幌の町端れを流れる豊平川という川の右岸にあった。その家は堤の下の一町歩ほどもある大きな林檎園の中に建ててあった〉

この描写を受けて、ライターの谷口雅春さんはこう書かれている。

〈札幌はリンゴのまち。1958（昭和33）年に北海道で最初の公団住宅として入居がはじまっ

た木の花団地(豊平区)が、かつてのリンゴ園を切り拓いて誕生したことからも見えてくるだろう〉

谷口さんの原稿には、明治初頭に開拓使たちがお雇い外国人のすすめで、欧米から様々な果実を輸入し、中でもりんごを盛んに持ち込んで、根づかせていった歴史に触れている。だが札幌のりんご栽培は、大正時代に入ると病害の苦しみや都市化による離農などで衰退していく。

この記事で、札幌のかつての風景が生き生きと蘇った。中でもりんごの記述に出会えたのは、今回悩んで参加した上でもらったご褒美のように感じた。

「旭」は、ジョン・マッキントッシュが偶然に見つけたことから栽培されたりんごで、欧米ではマッキントッシュと呼ばれるりんごだ。このりんごの日本での始まりは札幌農学校で、こじつけるわけではないが私の母校であり、大先輩には有島武郎氏が在籍していた。

マッキントッシュ氏は、スコットランドからアメリカに入った移民の一族だが、後にカナダに移住。土地を買い求め、森林を開拓し、そこに見つけた赤い実をつけるりんごの樹が、後に世界の市場に出ていくマッキントッシュの始まりとなり、遠く北海道へも渡った。だが残念ながら、このりんごも黒星病に弱い品種のようだ。

ともあれこのりんごの実をかじってみた若き日のマッキントッシュ氏の姿を想像する。いつまでも若いままの有島氏が、りんご園を歩いた日の姿も。

八月、恋空

わたしはゆめのなかのやうに
じぶんをわすれて
すべてゆるされるとさへ思はうとした。
私は妖しい花の精に憑かれてゐたんだ。
夜ぎりのなかに　その目は深く
えりあしは銀のやうだった。
あゝりんごえんのつきのよる
わたしはすべてゆるされるとさへ思ってゐた。

「林檎園の月」（『雪明りの路』）伊藤整

八月の半ばを過ぎて、夏の間を過ごしていた函館の家に、ついに今年のりんごが届いた。

りんごの季節の幕開け、一番に食べるりんごは、青森のもひかん林檎園に頼んであった「恋空」となった。「もひかん」と「恋空」、なんともダイナミックな組み合わせである。

〈今年の猛暑はりんご栽培に影響を与えています。夜間の気温が下がらないために、例年のように糖度が上がりません。冬のりんごと違い、糖度が上がるのを待っていると樹上で柔らかくなってしまいますので、試食しながらぎりぎりのところで発送しております〉

真夏の収穫、幾度も試食をしながら届けてもらった貴重なりんご、一段だけのりんご箱。すぐにかじりつきたい気持ちを抑えて、冷蔵庫で一時間ほど冷やすことにした。

函館の家のダイニングテーブルはステンレスで、どうも果物を美味しそうに見せてくれないのだが、冷蔵庫でひんやりとなった小ぶりなりんごを手に乗せて、少しまばらだけれど深く濃い色づきの皮をときめきながらむいていき、八つに切り分けて、グリーンの丸い皿に並べた。

「今年はじめてのりんごが届きました」と、思わず独りごちる。

顔を上げるとその向こうに、函館の夏の空の色を映し込んだ海が広がっている。

長い間、夏は家族と過ごしてきたが、今は一人でいる時間が長い。なんとなく少し寂しい気持ちの中に届けられた深紅の可愛らしいりんご。皆で切り分けてわいわい食べたりんごとは、また少し違って感じられる。

果肉は純白にも近く、かじればさくっとした清潔な音を立てる。私にはちょうど良い甘みもあり、そして優しい酸味があり、それは感動的な瑞々しさにあふれていた。

それから私はりんごノートにこの品種の名前と感想をすぐに書き記した。

「恋空」か。この品種の商標名は、公開された映画にちなんでつけられたそうだ。

りんごの世界にも、恋は少しずつ増えている。

「はつ恋ぐりん」は、青りんご。

また岩手県が、特級の黄色いりんご「はるか」を「冬恋」、越年させた奥州ロマンを「恋桜」、そこから派生して一等級は「満開の恋」、二等級は「叶わぬ恋」、三等級は「傷ついた恋」と名付けたそうである。

「恋空」は、青森生まれだ。このりんごの花粉親は、やはり極早生種の「夏緑」、ここに「あかね」の遺伝子をもった種子親が交配されたのが一九八四年。一九九九年に、青森県りんご試験場（現在の青森県産業技術センターりんご研究所）で、育種が完了され、品種名はあおり16となった。

青森においては極早生種のりんごとは、お盆の頃のお供え用だと聞いたことがある。ある年の九月の初旬にりんごの取材で青森を旅していたとき、タクシーの運転手さんがそう言っていた。

「今ならちょうど、りんごがないもんね。『夏緑』っていうのが、お盆のお供え用に出るんだけど、青くて硬いりんごで、そううまくはないんです」

「恋空」も名前から青りんごにも思えるが、このりんごは、深紅、かなり深い果皮の色だ。ところが皮をむいていくと、純白といって良いほど白い繊細な果肉が現れる。ぞくっとする。

私はこのりんごをはじめて目にしたのは、りんごの桃子さんが更新を続けているフェイスブック上だった。いつもりんごのことが書かれているのだが、ある日は皮をむいてきれいに切り分けられた恋空が、ガラスの器によそわれていた。よほど皮を薄くむいたのか、純白のはずの果肉の表面が薄桃色をしていて、

〈桃ではなくりんごですよ〉と優しく書き添えられてあった。

残念ながら、私がむいたりんごは桃色にはならない。むき方が雑なのかな。

恋空と、しばし悩んでみる。

このりんごも、長い年月をかけて育てられて、私たちの前に夏のりんごとして登場してくれるようになった。ちゃんと長生きする恋空であると良い。

函館の祖母のお墓まいり、いつもは祖母の好きだったお酒と煙草を一本吸うが、今年はこのりんごもお供えしてみようか。りんごにも、私にもあったであろう、一年のいろいろな報告をしながら。

林檎投ぐ男の中の少年へ

『水晶体』正木ゆう子

Oくんの夏りんご

9

第7章で書いた、青森の銀行員Oくんと、すっかり親しくさせてもらうようになった。

Oくんは、まめである。まめとは、職務に忠実でよく働く人のこと。

平日は銀行員、休日になると岩木山の麓にある実家のりんご園の手伝いをしているそうだから、おそらくいずれの職務にもいかにも忠実に働いているはずだ。だから想像するに相当忙しいはずだが、〈昨日早生のりんごを少し送りました〉というありがたいメールが届いたと思ったら、本当にその日のうちに、段ボール箱が届いたのだった。

陽の当たった部分だけが頬を染めたような、初々しい色づきのりんご。

〈このりんごは、さんさと云います〉

おそらくお母様の手による、大きくマジックペンで書かれた文字が、りんごの上にふわりと載せられていた。

これが、さんさ。

はじめて手にする。そして、切り分ける。

さくっというナイフへの手応え、瑞々しくすでによく香っており、口に含むとほのかに酸味があり、甘さは爽やかでなんとも好ましいりんごだった。

あかねを花粉親に持つりんごだから、八月に収穫された恋空と近い、夏のりんごだ。

岩手のあかねの花粉が、ニュージーランドへ送られてガラという品種と交配された。その翌年に送られてきた種から、盛岡にある農林省園芸試験場で育成されたそうだ。

見るもかじるもはじめてのりんごに、ときめきが宿る。

熟期はつがるよりやや早く、大きさはつがるよりやや小さい。名前は、盛岡のさんさ踊りに因んでいる。

眼鏡の似合うOくんが、盛岡で踊っているところをちょっと想像してしまうが、（勝手に、ごめん）、杉山ご夫妻は、このりんごを次のように表現されている。

〈樹上のたわわな果実は、光り輝いて、ひときわ目立ちます〉

そういうりんごは、作業をしていても心が弾むことでしょう、とお礼に書いたら、Oくんは、今度はご実家の園地の写真まで送ってくれた。

この園地には、なんと私がりんごと同じくらい好きな、猫が一匹写っている。ハチワレと表現される、額の真ん中辺りで八の字に色が分かれて見える、猫柄のお手本のような顔をしている。りんご園に広がる下草の上で、落下した実生《みしょう》たちに囲まれながら、のんびりくつろぐ姿のなんと堂々としたことか。

いつか、Oくんの農園のさんさの樹に、そしてハチワレに会いにうかがわせてもらいたいと思う。

りんごの園地ではハタネズミなどのネズミの被害が多いと聞く。この頃では昔から存在したフクロウを再び園地に招き入れる活動も始まっていて、この取材もさせてもらうつもりだ。

ハチワレだって、ネズミを捕るはずだ。

Oくんのマメさに便乗して、訊きたいことが増えてきた。

かゞやかな苹果のわらひ

『稲作挿話』宮沢賢治

黄金のりんごに賢治は出会った

10

りんごは人類が誕生する前から、自生していたろうと言われている。紀元前一三〇〇年頃には、ギリシアやローマで、人の手によって栽培されていた痕跡が見つけられている。

もともとのりんごの発祥の地はどこにあったのかと言うと、アジアでは天山山脈の辺り、今で言うカザフスタンやキルギス、ヨーロッパではコーカサス地方のトルコ付近で、共に寒冷な山岳地帯ではないかという説がある。

山岳地帯に自生していたりんごが環境に適応しながら進化を繰り返し、アジアへはシルクロードを経て、またヨーロッパへは移動する馬車からこぼれ落ちたり、動物の体を通った種子が大地に根付く形で、各地に適応するりんごが育っていった。

りんごは旅をしながら世界に広まっていき、その地その地で、我が地のりんごとして、そのなんとも言えない表情のある形と、甘酸っぱさをもって、人々を魅了してきたのだ。

「りんごの物語は、人類の歴史と関わりが深い」と『森の生活』の著者ヘンリー・D・ソローは言ったそうだが、確かにりんごを追いかけていくと、いろいろな歴史に通じるのが面白く感じる。

さて、明治期に日本に輸入された西洋りんごを、「苹果」という当時の呼称で、作品に繰り返し登場させている書き手がいる。

岩手の詩人と言えば、そうですよね、宮沢賢治。最愛の妹のトシが亡くなって、「永訣の朝」

などの哀切な作品を残した後、賢治はしばらく旅に出ている。北海道や東北へと旅をして、その後「青森挽歌」などの詩を発表し、そして、代表作『銀河鉄道の夜』の執筆に入る。

これらの作品で繰り返し描写されるりんごがとても印象的で、その頃賢治が目にしたりんごはどんな種類で、りんご園の様子はどのようだったのか私は知りたいと思っていた。

ちょうど岩手で講演の仕事があったので、宮沢賢治記念館に立ち寄らせてもらい、学芸員の牛崎敏哉さんに「賢治とりんご」をテーマにお話をうかがう機会をいただいた。

記念館を訪ねたのは、これで三度目だった。午後の光が窓から差し込む一階のカフェには、

〈どなたさまも　どうぞごゆっくりおくつろぎください　決してご遠慮はありません〉

そう、書かれている。これだけで賢治ワールドである。

ここでの牛崎さんとのお話は、心躍るものだった。

そもそも、宮沢賢治が「苹果」または「りんご」を書いた作品には、数え切れないほどの詩や『双子の星』、『風の又三郎』などの童話があげられる。

『宮沢賢治語彙辞典』というのがあり、この「りんこ」（表記まま）のページには、賢治全作品から「りんご」の描写が抜粋されている。貴重すぎる。

黒田清隆が日本に苗木を入れたのが明治四年、札幌や七重で育種が始まったのが明治七年、青

森では翌八年に栽培が始まる。そこから東北各県に、農村の苦境を救う救世主として、りんごの普及が奨励される。

岩手でも青森と同年の明治八年には本格的に栽培が始まっている。当初、岩手のりんごは順調に生育し、他県に先駆けてその収穫は船で東京へと出荷されたというが、明治三十年代に入ると、りんご栽培は病害虫とのたたかいとなり、農園主たちを苦しめていく。

明治二十九年生まれの賢治が生きた時代は、農業全体に凶作、飢饉が続き、岩手の人たちが苦境に陥った頃だった。裕福な家に生まれたが、賢治の心はいつも彼らと共にあった。

そんな中で、賢治は繰り返しりんごを書いている。賢治とりんごの出会いは、どのようだったのだろう？　ヒントになる地元でのエピソードを、牛崎さんより教わった。

まず花巻地区のりんご栽培の先覚者が賢治の父と親交があったこと、さらに賢治の少年期には家のすぐそばにりんごの樹があり、家からはりんごが実をつけ赤く実っていくのをよく目にしていたろう、ということだ。

西洋りんごは、おそらく一目で賢治を魅了した。どこか清潔なその形、手にかけると伝わる重み。

牛崎さんはこんな風にもお話を聞かせてくださった。

「何かお祝い事などがあると、宮澤家はよくりんごを配ったということですよ」

みずみずしい命の実、西洋から旅して根付いた色も姿も美しいりんごを手渡す、宮沢賢治らしいエピソードだ。

さて、ここからは推理の時間を少し楽しんでみたい。

〈黄金と紅で美しくいろどられた大きな苹果〉

大正十三年に、賢治が『銀河鉄道の夜』で描写したのは、果たして何りんごだったでしょうか？

他の作品にも、「アップルグリン」、「金いろ」、「黄なる」といった苹果も登場する。

『銀河鉄道の夜』で黄金、と書かれたりんごは、ゴールデンデリシャスではなかったか、と牛崎さんはお考えだ。

ゴールデンデリシャスは一八九〇（明治二十三）年にアメリカで発見された品種だが、売り出されたのは、一九一四（大正三）年だ。日本に輸入されて青森で育種されたのは、大正十二年。一般に普及されたのは、昭和三年頃だったと『青森県のりんご』には書かれている。

『銀河鉄道の夜』が執筆された頃には、黄色や金色のりんごはまだ普及していなかったはずなのだが、牛崎さんは、りんご栽培の先駆者との親交の中で、賢治は新しい品種であるこのゴールデンデリシャスにいち早く出会い、心を動かされたのではないかと推測されている。

〈「いかがですか。こういう苹果はおはじめてでしょう」〉

作中には確かに、燈台看守のそんな台詞もある。この立派な苹果は、そんなに骨をおらなくても、ひとりでにできるのだ、とも。

私であっても、りんご研究の方々と出会う中で、育成中の新しい品種などを紹介されることがある。「はつ恋ぐりん」も、教わったころには、まだ一般の店先には並んでいなかった。酸っぱさがひと際つんとくる輝く肌の青りんご。このりんごをはじめて目にして、口にしたときのときめきは今も忘れられない。

『銀河鉄道の夜』では、りんごは、神に召される列車へのパスポートとしても描かれてある。黄金のりんごは実際に手にしたものか、それとも夜な夜な研究していた賢治が何かの書物で見知ったものか。

「青森挽歌」では、〈巨きな水素のりんごのなかをかけてゐる〉という宇宙のイメージで登場する。色や輝きの描写から、青森を旅した後はその匂いや果肉の様子をよく描写するようになり、やがてりんごは賢治の宇宙になっていく。

トシを見送って、トシの面影を探すように遠くサハリンまで旅をした。賢治は菜食主義者であり、旅の随所にも、りんごに出会っただろう。手にすればそのまますみずみまで食べられて、その種はまた地に根付く。賢治を通じて、改めてりんごの存在は楽園のシンボルに思えてくる。

岩手に戻り、何かの形で黄金に輝くりんごを知る。

夜空に浮かぶ月を通り越し、賢治は一気に宇宙のイメージへと広げた。

雑誌「あおもり草子」の発行人である杉山陸子さんも、以前、あるホールの一角で「ゴールデンデリシャスの輝くような大きな玉」と表現して、思い出を少し話してくださったことがあった。その際、まるで杉山さんの手の中に、実際に黄金色のりんごがあるように感じた。なぜなのか、人は、手を広げて黄色いりんごのことを話すときに、皆その輝きを思い浮かべるように目を細めて話すような気がする。

それは月？　それは宇宙？

長い旅を経てたどりついたりんごと、私達は想像の旅をする。


本書の装画を担当してくれた矢吹申彦さんは、以前賢治をモチーフに大判の絵を書かれている。打ち合わせの際にその絵を見せてくださりながら、

「賢治はりんごを一度に三つ食べたんだってさ」

と教えてくれた。関登久也さんが書かれた『賢治随聞』が、矢吹さんの好きな賢治評伝だそうだ。一部引用させていただく。

〈昭和七年ころの秋の夜、上町通りでお逢いしたらこれから東公園へ行きましょうといって、果実店で色のよいリンゴを五つばかり買われました。そして公園のベンチに腰かけながら賢治は三つ、私は二つ食べました。その夜はまことに水のしたたるような気分のする夜で、天文学にも明かるい人ですから星の話もずいぶん聴きましたが、いまはよく覚えておりません。ただそういうさわやかな秋の夜に、皮のまま大きなリンゴをたちまちのうちに三つも食べ終えた賢治の食欲に、少し驚きの目を見張ったことがいまだに忘れられません。私が二つ食べたのは賢治に刺激されてのことだったと思います〉

賢治が書いた一文を章の冒頭に引用させてもらったのだが、実はこの文章の前後はこうなる。

〈冬講習に来たときは
一年はたらいたあととは云え
まだかゞやかな苹果のわらひを持ってゐた
いまはもう日と汗に焼け
幾夜の不眠にやつれてゐる〉

りんごだけを通じても、私たちは様々な賢治に出会う。

津田は清子の剝いてくれた林檎に手を触れなかった。
「あなたいかがです。せっかく吉川の奥さんが
あなたのためにといって贈ってくれたんですよ」
「そうね、そうしてあなたがまたわざわざ
それをここまで持って来て下すったんですね。
その御親切に対してもいただかなくちゃ悪いわね」
清子はこう云いながら、二人の間にある
林檎の一片を手に取った。
しかしそれを口を持って行く前にまた訊いた。

『明暗』夏目漱石

吾輩、名前はまだない

11

〈吾輩は猫である。名前はまだ無い。／どこで生れたかとんと見当がつかぬ。〉

夏目漱石は処女小説の書き出しのたった二行で、人々を魅了した。

この作品の着想には、一九世紀初頭にドイツのホフマンという作家が書いた『牡猫ムルの人生観』という小説があったと言われている。猫の名がムル。ドイツでは猫につけがちな「タマ」のような名前なのか、それともムルなんていう名前はやはり極めて個性的なのか。

牡猫ムルは、この本の表紙でヒゲを立てて羽根ペンを手にし、かなり気高そうな顔をしている。ホフマン自身の手により描かれた絵なのだそうだ。

私は、自分も猫が好きなので、猫と言えばいろいろな作品が浮かんでくるのだが、前回も触れた宮沢賢治の『セロ弾きのゴーシュ』の三毛猫も、猫の中の猫という感じがする。屋根裏に住んでいながら、ゴーシュのセロを聴かないと眠れないのだと申し立てをする。生意気なためにゴーシュからひどい仕打ちに遭うこの猫にも、確か名前はなかったはずである。

猫ではなく、りんごの話をするつもりであった。

宮沢賢治のりんごは宇宙そのもののようであり、時にはそこで描かれる重さは命の重さにも感じられたが、夏目漱石が描くりんごはどこか蠱惑的で、猫のようだ。

〈「それで」と云いかけた津田は、俯向加減になって鄭寧に林檎の皮を剝いている清子の手先を眺めた。滴るように色づいた皮が、ナイフの刃を洩れながら、ぐるぐると剝けて落ちるあとに、水気の多そうな薄蒼い肉がしだいに現れて来る変化は彼に一年以上経った昔を憶い起こさせた。「あの時この人は、ちょうどこういう姿勢で、こういう林檎を剝いてくれたんだっけ」〉

小説『明暗』での、なんと艶めかしいりんごの描写であろう。その後津田は、ナイフを持つ清子の指を、二つの宝石が飾っていることを見つける。そして、本章扉の引用へとつながる。

水気の多そうな、薄蒼い肉——。

明治時代のりんご、私にはなんとなく、国光が思い浮かんだ。

明治時代の七大品種が、国光、紅玉、柳玉、祝、倭錦《やまとにしき》、紅魁《べにさきがけ》、紅絞。

ここから国光と紅玉の二つが昭和四十年代まで強く残り、今も多くの品種の父や母になっている。

ふじはお母さんが国光、つがるはお父さんが紅玉だ。そのふじを父にして黄色いトキが生まれ、ふじを母につがるを父にしてシナノスイートが生まれた。りんごはそうした家系図を見ているだけで面白い果実なので、新しい品種に出会うとその父や母を想像する楽しみがある。

甘味、酸味、塩味、苦味、うま味と、味には五つの要素があるそうだが、りんごの個性には酸味は欠かせないように感じる。

今手元にある「吾輩」りんごにも、数日前に縁あってはじめて出会ったが、赤い果皮の印象を裏切って、控えめながら主張してくる酸味があった。

商標名はまだなくて、それこそ吾輩はりんごである。名前はまだない、とも云いたげな、あおり25として品種登録されている。

「あおり」とつくりんごはすべて、青森県の産業技術センターりんご研究所、かつてのりんご試験場で交配されて生まれたりんごと決まっている。

登録番号で言うと、ひとつ前のあおり24は、一九八四年にグラニースミスとレイ8（紅玉が片親）の交配で生まれ、二〇一三年の三月に品種登録されている。

翡翠色に輝くあおり24は、まさに私が幾度も書いてしまう「はつ恋ぐりん」と改めて商標登録されて、先日は近くのスーパーマーケット紀ノ国屋の店頭でも、鮮やかに人々の目を奪っていた。

あおり25は、それの連番となるりんごだ。一九八七年にメローとリバティの交配で生まれ、あおり24と同じ二〇一三年三月に品種登録されている。

24は、翡翠色。

25はわりと凡庸な赤。

今のところ翡翠色が一気にスターに名乗り出たが、実は同じ酸っぱさが個性の25には、特筆すべき性質があり、黒星病に強い抗黒星病遺伝子を持つことが挙げられている。二〇一八年のように多くのりんご園が黒星病に悩んだ中、あおり25は、自ら引き継いだ遺伝子のために、病には強かった。こうした品種の育成も、常に進んでいるのがわかる。

黒星病にうち勝つ力のある、このりんごは、果たしてどんな名前で世の中に出ていくのだろう。24と同じように、魅力的な名前がつくのを期待してしまう。

りんごの名前で言うと、この世で魅力的な名前を持つりんごの筆頭と言えば、ピンクレディーに違いない。

私はこのりんごの大ファンだ。小ぶりで、ピンクがかった茜色、目を奪うような光沢のある可愛らしいりんごだ。茎を包む窪みの部分にも襞《ひだ》がよって、ドレープをまとったレディーのごとく、なんとも美しく、ひと度かじると忘れられないように鮮やかな酸味がある。

一九七三年生まれ。品種登録が一九六二年のふじよりも、十年近くも歴史は浅い。

西オーストラリアにある研究機関で、ゴールデンデリシャスを片親に交配されて生まれた。クリプスピンクという品種名だが、ここからある一定基準以上の色づきや甘さを備えたものが、ピンクレディーという商標名の高級りんごになって、出ていく。今では、世界中で人気の品種なはずだが、日本で目にすることはほとんどなかったのではないだろうか。

なんでもこのりんごは、誰にでも栽培が許されているわけではないそうだ。ピンクレディーの栽培はライセンス制で、オーストラリアにある生産団体と契約を結んで、使用料を支払わねばならないという国際ルールがある。

現在は他の果実でもこの動きがあり賛否両論寄せられているが、制度が導入されると個人で勝手に苗を作ったり、販売してはいけない。日本では、長野県を中心にした日本ピンクレディー協会が、クラブ制を導入してこのりんごの生産を行っている。

つまり、まだ名のない「吾輩」りんごたちとは対象的に、この愛らしいレディーはかなりの深窓の令嬢。勝手に苗に手をかけてもいけない存在だ。

一度、このりんごについて、吉田照美さんと秀島史香さんがパーソナリティを務めるラジオ番組で一緒にお話したことがあった。

軽妙な語り口の吉田照美さんはもちろん、女性を贔屓にさせていただくと、秀島さんのあの色っぽい声、それなのにどこか知的にとぼけた感じのする話し方が以前から好きで、それはとてもうれしい収録だった。

色白で、ふわっとした笑顔で想像通りの方だったが、秀島さんが「ピンクレディーというりんごがありますよね」と、当時私はまだ触れたこともなかったりんごの話をされた。

名前しか知らないことを正直に話し、そこから三人で少しこのりんごの名前の話になったのだ。つまり、あのミーちゃんとケイちゃんのピンク・レディーとは、ここから取った芸名なのだろうか、という話だった。

それもまだ私には考えたこともないテーマであり、宿題持ち帰り。最近では、その場で各自が一斉にスマフォで調べはじめることもあるが、私はこのテーマは面白いから少しゆっくり調べてみたいと感じた。

どうやら、二人組のピンク・レディーの名付け親の都倉俊一さんのイメージにあったのは、りんごではなく、カクテルだったそうだ。

20世紀初頭に「ピンク・レディィ」という少しコミカルなミュージカルがイギリスで上演され、その打ち上げパーティで主演女優さんへのプレゼントとされたカクテル。

鮮やかなピンク色をつけたこのショート・カクテルは、ジンをベースにざくろのシロップと卵白で作る。

今なら「紅《くれない》の夢《ゆめ》」のような、果肉も赤いりんごのジュースで作っても美味しそうだと私はふと想像する。果肉も赤いりんごで作ると、りんごジュースもピンク色に染まるから。

実際にこの果実、ピンクレディーをいただく機会にも恵まれた。「はつ恋ぐりん」の今さんの果樹園で収穫された、硬質で引き締まった実、ナイフを入れるだけでときめく。なんと素晴らしい。そっとかじってみる。まるで一瞬にして袖にされるような強い酸味でパンチを食らうと、その奥からえも言われぬ豊かな香りが、ピンクの薄衣をまとったように現れてくるこの感じ。素敵、素敵ー。一度で魅了された。

皆さまもぜひご賞味あれ。

翌日、例の青森の銀行員にして週末はりんご農家に帰るOくんから、またしてもたわわに実るりんごの樹の写真が届いた。

果皮は深紅色、この「吾輩」りんごにも、名前はまだなく、品種登録すらされておらず、4－23と呼ばれている。まだ、選抜過程中の文字通りファームのりんごであるという。たまたまご実家が知人より買った畑に、このりんごが植わっていた。生でも悪くはないが、となり、それで、ジュース加工用に回しているそうだ。そういうりんごたちもまだ続々控えているのだな。

名前のまだないりんごを秘かに「吾輩」りんごと名付けて、このりんごたちが歩むこれからの物語を思い描く。

12

ふじだけ、ききりんご

ジョニー・アップルシードは、
終生を、彼の愛することに費やした。
りんごを育て、長いハイキングに出かけ、
決して家に定住することも、
多くを所有することもしなかった。

『Who Was Johnny Appleseed?』
Joan Holub／Aki訳

都市ではダークカラーのコートに身を包んだ人たちが、少し足早に街を歩くようになるこの季節に、りんごの産地では南から順にいよいよ主砲、ふじの収穫が始まっていく。

Yさんと私は前作の取材から含めると、りんごの産地をだいぶ歩かせてもらってきた。

私の自慢は、ふじと同い年なことだ。

一九六二年四月に、ふじは青森県でりんご農林一号として登録された。今では世界でもっとも多く栽培される品種、海外でも大きなふじは高級なりんごとして人気だが、その名前の由来は、南津軽郡の藤崎町で生まれたからふじ、富士山のように日本一になってほしいという願いを込めてふじ、はたまた初代ミス日本の山本富士子さんにちなんで、などとそう決まる理由はいろいろあったと聞いている。ふじはいかにも大きな期待を受けて、この世に登場したりんごだったのだ。

自分が生まれた年なので、少し背景を知っている。アメリカでは初の有人宇宙飛行が行なわれ、東京には首都高速道路が開通した。ビートルズがデビューして、キューバ危機が生じ、なんとか回避された時代だ。

実家に残っている幼少期の写真はといえば、いずれも、セピアがかっている。赤ん坊の私は、カウチン・セーターに長靴姿の父の腕に抱かれている。当時住んでいた札幌のアパートを前にした雪景色の中の写真。私は白い手編みのケープに白い帽子をかぶせられ、よほど寒いのか、今にも泣きそうな顔をしている。

ふじと登録されたその年、はじめて出荷されたりんごも、青森の、そんな雪景色の中に真っ赤に色づき登場したはずである。

国光とデリシャスという黄金コンビを両親に、育種が始まったのは太平洋戦争以前だったと聞く。両親の交配によってできた数千単位の種を播き、そこで得た実生より選別されていった。

りんご作りは不要不急の国賊扱いとされ、戦況の悪化とともに研究員も兵士として動員されたが、残った職員らは必死にこの種子を守り、終戦後も研究は続けられた。その中の選りすぐりが、穂木として北海道から栃木の研究機関まで、広く適応性を見るために送られたのだ。

味のバランスがよく収穫後の保存にも適したふじは、じきに注目を集め、有望品種として歓迎される。研究員の人たちの努力は報われたが、彼らにしても今のように南半球の地でも生産されるようになるとは、そのときには想像していたろうか。

担当編集者のYさんと私は、各地で出会ったりんご農家のふじを、かじらせてもらうことにした。ふじの中でも甘さの濃いサンふじ（山形では無袋ふじ）だけの、ききりんご月間である。

りんご栽培にあたられる各地の方々との親交が少しずつ深まり、それぞれ時期も品種も異なる様々なりんごを味わわせてもらってきたが、サンふじを作らないりんご農家はおそらくほとんどない。

青森の平川市からは、毎年お願いしている「内山果樹園」と「もひかん林檎園」から。いずれも、りんご栽培の名産地におけるこの地域でも、数少ない無肥料栽培をされている。また、弘前市からは「津軽ゆめりんごファーム」と、平日は銀行員をしているＯくんのご実家のりんごを。山形県朝日町の和合平からは、前に取材で訪ねた菅井さんの「くだもの中屋」と、韓国からやってきてりんご栽培をしているジョンパルさんの「清野りんご園」から。

菅井さんも、同い年（つまりふじと同じ年）で、無肥料栽培をしており、流通は一切通さずりんご販売を続けている。

また岩手からは、昨年出会った若い栽培家の宇津宮果樹園にもお願いした。「林檎屋」という直売所も運営されており、扱う品種は大変多い農家だ。

他にも今年は、我が一推しのサンふじを届けてくれた友人たちもいて、長野や福島のりんごも。続々届くりんご。まず箱を開封したらふわっと立ち上る香りを確かめ、一つを手に取り、すぐに少し冷やす。そして私は、皮を薄くむく。皮のまま輪切りにするスターカットも今は人気だそうだが、私は皮をむいて八分の一にカットする。蜜をながめ、さくっと口に運ぶ。この繰り返し。

北へ向かうほど収穫は遅いので、届く時期も少しずつ違ってくれるのがありがたい。

残ったりんごは、私の場合は、保湿のために一つずつラップして冷蔵庫に入れるのだが、そんなに巨大な冷蔵庫を持っているわけではないので、今季、りんごのための〝冷蔵庫〟を買った。しかし年中必要というわけでもないので、私は考えてワインセラーを一つ増設した。白ワイン用のセラーでも、温度はりんごのためには少し高すぎるのだが、案外機嫌良さそうに収まってくれている。この際、一つずつに、誰々さんのりんご、と書くのも忘れない。

毎日、美味しくいただく。

同じサンふじでも、こんなに違うのかと驚きと発見がある。蜜の入り方、実の引き締まり方、果皮の赤さもそれぞれ違う。いずれも美味しくて飽くことがない。取材でうかがった際に、岩手の宇津宮さんはこう話されていた。東京の会社勤めを辞めて岩手のりんご農家を継いだそうだ。

「お客さんに楽しんでほしいので、いろいろな品種をやっていますが、もっとも難しいのは、やっぱりふじですね。手がけ方一つで一番違ってくるのがふじだからです」

「逆にいうと、うちのふじを食べてみてほしいと言いたいところですよね」

「まあ、そう言えるようになりたいですね」

つまり、ふじはポピュラーだからこそ、これこそ腕が競われる。

りんごが詰められた箱もそれぞれで、銀行員Oくんのりんごの箱には、ご家族のお人柄をあらわすように確か「めーよ（うまいよ）」と方言が綴られてあった。

また、毎年お願いしている内山果樹園のりんごの段ボール箱には、今年見慣れないひと文字が書き添えられてあった。〈F入り〉、という謎めいたひと言だった。

暗号のごとき〈F〉については、今度取材させていただくつもりだ。

Fとはミステリーの記号のようだが、土壌由来の物質で、フルボ酸だという。

美容の世界では、すでにずいぶん注目されはじめている。フルボ酸は、森林や土壌の中に存在する有機酸の一つ。植物にミネラルを補給する役目を担う。市販される多くは、さとうきびなどで人工的に培養したものだが、内山さんは知人を介して国内産の天然の成分を手に入れた。

これが劇的にりんごの栽培にも向いている気がする、と内山さんはおっしゃるのだった。

そんなお話もうかがいたく、お忙しいのは承知でまた内山さんのお宅を訪ねさせていただく約束をしている。大きな木造家屋で、私はこのお宅の匂いがたまらなく好きだ。ストーブで焚かれる甘い香りの薪が、りんごの樹なのである。黒猫がいる。我々にもよく、じゃれてくれる。

収穫したてのよく冷えたりんごを、奥様がむいて並べて出してくれる。

外が寒い時期に、ストーブで温まったお部屋で冷たいりんごをいただく。この上ないご馳走だ。

Fの話をうかがいに、今年の収穫を拝見に、また訪問させていただくのを楽しみにしている。

町の通りの横にある馬用の牧草地のひとつに、
昔の果樹園の名残のリンゴの木が三本立っていた。
二本は小さくて曲がっていたが、
一本は相当大きくて、成長したカエデの木のように
見えた。剪定も消毒もされておらず、実は小さくて
盗む価値もなかったが、たいてい毎年いたるところ
におびただしいリンゴの花がつき、
ちょっと離れると、枝々に雪がびっしり
こびりついているかのように見えるのだった。

『林檎の木の下で』アリス・マンロー／小竹由美子訳

本の街で三十年後

13

神田神保町は、本好きの人なら一度は訪れたい場所のはずだ。古書店が百五十店以上立ち並び、本を抱えてすぐにページを広げることのできる喫茶店が、ところどころにのこっている。

私は札幌から上京し、最初の一年半は、神田にある小さな出版社に勤めていた。新人の見習いは、そこで編集のいろはを教わり始めた。少人数の会社なので、朝から深夜まで、見習いにもやるべきことが多かった。自転車で文具の買い出しに出たり、先輩たちに頼まれたおやつを買いに走ったりも。そんなときにふと眩しく見上げたのが、小学館や本書が刊行される集英社などの大手出版社のビル群だったのだから、ありがたい話だ。

さて、そんな私が今年（二〇一九年）は最初の本を出して三十周年にあたるというので、ここ神保町で大変うれしい機会をもらった。神田神保町一の一は、三省堂書店神保町本店のアドレスだ。昨年の九月より、特別にフェアを開催してもらった。その最終日が、今年一月十五日、イベントホールでトークショーとサイン会が開催された。

会場に入ると、三十年前に最初に編集担当をしてくれたM氏がいたり、北海道や関西から来てくれた読者の方々がいたりと、今こうして書いていても、皆さんの顔ぶれが浮かんでくるほどだ。神保町から始まった新しい年、この地のりんごについても、書いてみようと思う。

神保町はカレーの街でもある。私が見習いの頃も、先輩方が幾つかのカレーの店にご褒美のように連れていってくれた。銀の器に盛られた、少し澄ましたようなカレーの店が記憶にあった。

そのうちの一店が、スマトラカレーと銘打った共栄堂だった。

こちらのカレーには、実はりんごは一切使われていない。小麦粉も入らない。野菜を煮込んだだけのブイヨンはさらさらしている。香辛料を焙煎するため香ばしく、見かけもかなり黒っぽい。ポークやチキン、ビーフやタン、シュリンプなど、具材ごとに味わいはかなり異なる。

通年メニューは他にサラダとビールだけ。ビールは三サイズもあるのに、コーラもコーヒーもない。しかしなんと、ここにはりんごのメニューが一つだけある。

焼きりんご。だいたい十月から四月末までに限られて提供されているのに、私はいつもカレーにはビール派で、焼きりんごは食べたことがなかった。

今回は、Yさんと一緒だ。Yさんの会社からは、目と鼻の先。彼女は悠々、歩いて到着。

ああ、これは！　小花柄の洋皿に載せられて出てきた焼きりんごは、まさに私が前作で書いた、小樽で教わって、再現したかったものにそっくりだった。

りんごが丸ごと皮のまま、芯だけがくりぬかれて焼かれている。フォークをさすと、皮までがすでに柔らかい。とろっと、りんごの甘酸っぱさが口の中に広がる。おすすめの食べ方は、中央に生クリームをかけること。

とても滑らかで、甘すぎることがない。これならカレーの後にも、よく合いそうだ。さすが、カレー屋さんの焼きりんごだ。どうしたら、こんなに美味しい焼きりんごになるのだろう。

その極意など、明かされるはずはないか、と思っていたら、「どうもー」という感じで共栄堂代表の宮川泰久さんが朗らかに迎えてくれて、その秘伝をあっさりと披露してくれたばかりか、厨房の中やバックヤードまで案内してくれた。

使うのは、紅玉と決まっているという。芯をくりぬき、バターとシナモン、グラニュー糖と王道だ。しかしここからが、真似できないお仕事ぶりだった。りんごから染み出した蜜、これを作り始めた当初から、つぎ足しつぎ足し使っているというのである。うなぎ屋さんのたれのごとく。

蜜！　りんごたちは深いバットの中で、この蜜に浸された状態でオーブンに投入される。焼くというよりも、煮る感じに近くも見える。

表面が少しひび割れてきたら裏返し、全体で三十〜四十分間待つ。焼き上がり！　と、待望の瞬間を迎えるはずだが、オーブンから出してまず、室温で放置、次は冷蔵庫に納めて、一日以上はさらに蜜に浸しておく。冷えていくときに、りんごは自然とまた蜜を吸い上げる。

カレーのブイヨンも同じように寝かせるので、恰幅も滑舌もいい宮川さんは、この一連の作業を「締めて殺す」と、笑いながら言う。

りんごたちは、内部まで赤く染まっている。なんとも官能的な滑らかさで美しく、清らかでもある。焼きりんごは、週末でもせいぜい一日百個と、限られた数のみ用意される。

「うちはカレー屋だからね」とのこと。

共栄堂のカレーは、スマトラに行った探検家が持ち帰った味が始まりで、そう名付けられた。突飛な話にも思えるが、スマトラの密林で銃を手にどっしり座る、探検家の写真を拝見した。

「本当だったんですね」と、思わず呟く。本の街にぴったりなエピソードにも思えてくる。

大正時代、関東大震災の直後に創業した洋食屋だったが、昭和五十年代に一度火事で焼けている。コックをしていた宮川さんは、こちらのお嬢さんと結婚し跡を継いだ。

「作り方の基本は同じですが、味はどんどん変わっていると思いますよ。昔の味はとんがってたね。それと同じものを出しても、みんなもう美味しいとは思わないよね」

焼きりんごも、創業時（大正十三年）からのメニューというから、その蜜たるや、秘伝の極み。りんごの品種を紅玉に限定するくらいなので、りんごへの思いを語ってくれるかと期待したが、案の定そっけなかった。

「いやいや、りんごはガスを出すしさ、ほかの野菜とは一緒に保存できないのよ。こいつは面倒な奴、煮ちゃう、焼いちゃう、だね」

煮ちゃう、焼いちゃう、と言われる紅玉も、あれだけ美味しくされてさぞ喜んでいるに違いない。紅玉の季節の楽しみができた。神保町でカレーと焼きりんごだ。

もう一軒、神田では近江屋洋菓子店へもうかがった。以前書いた瓶入りのフルーツポンチが売られる老舗だ。広々として天井が高く、ガラス窓から光が差し込む、クラシカルな趣の漂う店内である。お時間をもらって、四代目社長・吉田太郎さんとコーヒーをいただく。

こちらの歴史はさらに古く、明治時代に遡る。吉田さんは、いかにもお菓子屋さんという物腰の柔らかな雰囲気だ。ショーケースには、あの素敵な瓶入りフルーツポンチのほか、アップルパイがずらり。ほかにもフルーツを使ったケーキが色とりどりに並んでいる。フルーツポンチには、もちろんりんごの姿も見えている。

「アップルパイのりんごは、何を使われていますか？」

と、早速うかがうと、こちらも即答だった。

「うちは、ふじですね。ふじは煮崩れない。煮崩れるのはだめです。サンふじから始まって、有袋のふじに変わっていきます。まだ早い時期は、たまにつがるも使いますが、早生ふじは、あれはふじとはまったく違いますね」

アップルパイのためには、煮たときに歯応えがのこるのがよい。ほかのりんごでは、どうもよくない。どんどん新しい品種が出ているが、やはりふじがいい。

吉田さんは、今も自ら、ほとんど毎朝、大田市場に果物を仕入れに出るそうだ。

だからだったんだ。キンカン、グレープフルーツ、ぶどう、ドラゴンフルーツにざくろ……、そして、我らがりんご。フルーツポンチは、一つ一つの果物がすべて美味しく感じられたもの。

明治時代、初代は三重県の桑名からご夫婦で上京して炭屋を営んだ。やがて、西洋化する時代の変遷の中で、二代目とともにパンを売り始めた。二代目は船で洋行して戻り、ドライフルーツを使ったケーキを焼く。場所を当地神田へ移し、パンやお菓子の種類も変わっていった。

時代とともに変わり続ける期待を、吉田さんは、すでにパティシエになられた息子さんにも託しておられるが、その一方で当代は市場へ通い続ける。

江戸時代から今の淡路町の辺りには、広大な青果市場があった。長屋のように連なった市場は店員の住居も兼ねていて、軒先で、皆が声を張り上げる競りの掛け声から、やっちゃ場と呼ばれた。

関東大震災のあとすぐに復興されたが、その後、青果市場は、秋葉原を経て大田区へと転地する。

「うちが扱っているのは、高級フルーツ店の果物ではないです。多少、傷があってもお菓子にして美味しければいいわけです。りんごのことも、りんご一筋だった〝小笠原さん〟という人に、ずいぶん教わった。りんごはケツ見たってわかんねえよ。これ食ってみろ、という具合でね。もう亡くなったんですがね。どの果物にも、それ一筋の人たちがいるわけです」

市場へ通う。そこには、生涯かけて果物を売り買いする人たちがいる。そして、そこへ毎日通い、吉田さん方のように、さらに魔法をかけるのに腕を磨く人たちがいる。

数ある果物の中で改めてりんごの魅力をうかがってみると、やはりそっけない。

「まありんごというのは、日常の中の果物でしょう。誰でも買える値段で、特別ありがたみもないですよね」

そっけない言葉だが、この頃思う。それがりんごの魅力そのものなのだ。

近江屋洋菓子店のアップルパイも、とてもシンプルだ。そして、実に味わい深い。良質なバターが練り込まれたパイには香ばしさがあり、存在感のあるりんごが、コーヒーとよく合った。

店主が自ら選び、専用の冷蔵庫に収めたりんごを、職人さんは丁寧にお菓子に仕上げていく。

「リーズナブルだけど、チープじゃないというお菓子がいいと思っていますね」

神田では、両店ともに、時代とともにどんどん変わったほうがいい、というニュアンスのことを話してくれたが、変わらぬものがあるのが同じだった。その一つが、りんごへかける手間だった。

本の街に、そうしてりんごも、長く生かされていた。

14

瓢箪からタルト・タタン

テルは息子を木の下に立たせて
頭の上にリンゴを乗せると、
自分は二本の矢を取りました。
弓矢を持つテルの手が、緊張のあまり震えています。
それを見た息子が、遠くの木の下から
テルに叫びました。
「お父さん、僕は大丈夫だよ。ちっとも怖くないよ。
だって僕のお父さんは、スイス一の弓の名人だもの」

スイスの英雄「ウィリアム・テル」の伝説より

たまたま読んでいる本にりんごの描写があって、思わずしおりを挟んだ。現代アメリカ文学の旗手、ポール・オースター氏の作品『ムーン・パレス』だ。

主人公は、コロンビア大学の学生。いろいろあって重度の金銭難に陥り、住居は電気が止まり、冷蔵庫も使えない。大量の本を切り売りしながらやりくりしている。

〈僕は食事の全面的改革に取りかかった。暑さで傷むたぐいの食品はいっさい使わないようにするのだ。（中略）粉ミルク、インスタントコーヒー、小さな袋入り食パン、以上が主食となる。加えて毎日、人類の知るもっとも廉価にしてもっとも栄養豊かな食物、卵を食べる。ときおり贅沢をしてリンゴを一個、もしくはオレンジ一個。誘惑に耐えきれなくなったときには、清水の舞台から飛び降りるつもりで、ハンバーガーかシチュー缶〉

多くの青春は飢えている。様々なものに対して。

訳は、柴田元幸さんだ。

「清水の舞台から飛び降りる」は、果たして原文ではどうなっているのだろう。

オール・オア・ナッシングのようなセンテンスが入るのかな。

そして、我らがりんごについてである。

一つ前の文、〈もっとも廉価にしてもっとも栄養豊かな食物〉、ここに我らが「りんご」、が来てもおかしくないのだけれど、ここではりんごは贅沢品だ。

なんて思っていたら無性にりんごが食べたくなって、ワンブレーク挟んでしまった。自宅の冷蔵庫にりんごがある日は、貯えがあるように豊かな気持ち。


さてこの章からは、元来、りんごとはあまり縁がないように思える場所での出会いを綴る。

Yさんと二人で、京都、奈良、神戸を巡るりんごの旅を計画した。

昔、三都物語なんてあったね、とか言いながら行程を決めて行く。

この章では、京都から。

探したのはりんご農園ではなく、一軒の静かなカフェである。

以前より、京都に、フランスよりそのタルト・タタンの出来栄えを認められてメダルをもらった店があると聞いていた。

りんごのお菓子の中でも、タルト・タタンというところにとても惹かれた。

タルト・タタンは、冬のお菓子という印象があり、フランスでは鴨肉料理などのあとにいただく。

何しろ、りんごをたくさん使う。

いつだったか、「ｄａｎｃｙｕ」という雑誌の企画で、料理家の坂田阿希子さんに、目の前でタルト・タタンを作ってもらったことがあった。坂田さんのお宅で、愛らしい猫と遊びながら、お菓子が焼きあがるのを待ち、甘酸っぱい香りの中で、ずしっと重量感のある温かいタルト・タタンをいただいた。そのとき私が書いたエッセイのタイトルは確か、「タルト・タタンはパワーフード」。

りんごの滋養がそのまま閉じ込められて運ばれてきたように感じた。

タルト・タタンについて、ここでちょっとおさらいを。

「タタンっていうのは、姉妹の名前で、失敗作からできたのよ」と、はじめに教えてくれたのは、友人のピーコさん。そのときも冬で、神田にあるイタリアン・レストランで食事中にシェフが目の前で作ってくれたのを食べたときだった。

どうやらタルト・タタンの起源は、十九世紀にまで遡る。ロワール地方にあるホテル・タタンの経営者だったタタン姉妹のどちらかが、デザートのアップルパイのためにりんごをバターと砂糖で炒めていたら、焦げはじめた。姉なのか、妹なのか。私にも妹がいて姉妹なのでちょっと気になっていたのだが、これは姉の方の失敗だった。

このままでは、本日のデザートが欠けてしまう。フランス料理でデザートがないのは、終わりがないも同じ。その失敗を補おうと、フライパンの上にそのままタルトの生地をのせて覆い（見ないふりー♪と、口ずさんだかどうかは定かではないが）、そのままオーブンへ入れた。

取り出して、ひっくり返してみたら、意外にもお客様に出せそうなタルト菓子になった。

瓢箪から駒ではないが、このお菓子が評判を呼び、ある日、パリより名うてのフランス料理店の経営者が訪ねてくる。やがて彼は自分の店「マキシム」でもこのデザートを冬の看板メニューとしていく。タタン姉妹に敬意を払い、その名を刻んで。

多少は異なる言い伝えもあるけれど、だいたいこんな起源とされている。

想像するのは、失敗の加減である。果たしてどのくらい焦げたのか？　焦げるか焦げないかのぎりぎりのところで、ちょっとほろ苦いような深みを秘めた味わいになったものか。鍋を裏返した時に、どれほどほっとしたろうか。繰り返すが、姉だった。思いは駆け巡る。

その上、さらに話は逸れるが、瓢箪から駒、の日本語表現である。

先日、お寿司屋さんに出かけたところ、隣にオーストラリアから来たご夫婦が座った。

銀座にあるこの店には、金箔を貼られた巨大な瓢箪が飾られていた。

ご夫婦は何かと日本通で、握られた寿司が下駄皿に運ばれるごとに、一つずつネタの名前を教わりながら食べていた。

私は、アメリカで十年暮らしていた医師と同席していた。気づけば大将も交えて会話が弾み、つい、私は瓢箪の飾りについても話してみたくなった。瓢箪は、ちょっと好きなのだ。あれが元々りんごと同じように果実だったなんて、面白いではないか。

日本には瓢箪から駒という諺がある、と訳そうとして、先ほどの清水の舞台ではないが、はたと思考が止まった。医師も協力してくれて英語にしてみた。

はじめは駒をダイスと直訳してみたりしたが、意味が伝わらない。最終的には、

「ハプニングがあって、ワンダフォーなことが起きた」

という医師の解説が私は気に入った。

タルト・タタンもまさにハプニングがあり、ワンダフォーなことが起きたのだ。

京都へ戻ります。

訪ねたお店は、知恩院などのお寺の近く。静かな街中に建っており、ラ・ヴァチュールという。車、または乳母車の意味。乳母車なら、大切な命を運ぶ、の意だろうか。

京都らしい小粋さとノスタルジックの両方の魅力を伝えてくる店構えだ。

奥行きのある店内に入ると、りんごの小物たちが、楽し気に飾られている。

お店の片隅には、紫の衣装と帽子、首からメダルをかけてきりっと立つ、一人の高齢のご婦人のお写真が。珍しいメダル、ホールのタルト・タタンがデザインされている。

この方が初代のご店主で松永ユリさんのようだ。

九十六歳で亡くなられる少し前まで、店主として、タルト・タタンを作り続けた。現在はお孫さんの若林麻耶さんが、二代目を務められている。

お店の歴史は、この土地の、またご家族の時間の流れとともにあった。もともとは画廊を営んでいたご家族だった。やがて、半分はギャラリー、半分はフランス料理の店として改築した。近隣にあった音楽大学の関係者も多く集ったが、学校の移転もあって料理のほうは少しずつ縮小に向かっていった。

ユリさんは、娘が旅行中だったフランスを訪ねる機会を作り、レストランで本場のジビエ料理と食後のデザート、タルト・タタンに出会う。

高さがあり、格式のある、表面が黒くペクチンでつやつやとしたタルト・タタン。これを自分でもなんとか作りたいと、考える。

帰国後、さっそく試行錯誤を繰り返した。本場のタルト・タタンは、バーナーは使わない。りんごをバターと砂糖だけで煮詰めていく。

ユリさんは、どの行程においても手抜きはしなかった。途中、フランスより、コルドンブルーの出身者である料理人が助太刀に入った幸運もあり、味は完成していく。

ラ・ヴァチュールでは、一台のタルト・タタンに用いるりんごは、なんと平均して約二十五個だという。皮をむいて四つ切りにしたりんごを鍋に詰め、火を時々止めながら、約四時間煮る。その後、オーブンに入れて四十五分、上に載せたタルト生地にまで煮汁が上がっていき、しっとりとなる。鍋に入れたままのこの状態で一日寝かす。焦げ具合は程よくカラメルと絡まり合っていき、深い色と艶を放つ。

これを食べた人が感動を持って、フランスのタルト・タタン愛好家協会に推薦をしてくれて、メダルの授与となった。

ユリさんの頃からの変わらぬ作り方を踏襲する孫の麻耶さんは、

「鍋で煮るときに、火をつけたり止めたりするのは、今ではそのほうが味が深くなるので意図的にやっていますが、祖母はただ忙しくてやっていたと思います。お客さんが来たから止める。家族のご飯を作るから止める。晩年まで一人で奮闘していました」

おばあさんがどんな人だったかとうかがうと、即答だった。

「武士みたいな人でしたね。徳之島の出身で、日本統治時代の台湾で小学校の先生をしていたそうです。親戚のいた京都に来て美術学校に通ったのち、結婚しました。当時、家族は店の上に住んでいたので、子どもの頃は学校から帰ると、カウンターでりんごの皮をむく祖母を眺めたり、時々手伝ったりしていました」

麻耶さんも美術大学の出身、普段はデザインの仕事もこなしながら店を営んでいる。孫の立場で、お店を継ぐと決めたのには、どんな心持ちがあったろうか。麻耶さんは、まだとても若い。

「初夏、私がまだ学生だった頃に、祖母はタルト・タタン愛好家協会からの招待でフランスに行きました。祖父が一人になると聞き、様子を見に帰りました。店内のペンキの色が褪せているなとか、急にいろいろ気になり始めて、このままみんながくたびれたままにはしたくないという思いがあったんですかね。一週間の滞在中に、自分でペンキも塗って、古いスピーカーをはめ込んだりして、できることをしました。そのとき心が決まったんだと思います」

卒業後は、しばらく祖母と店に並んだ。

「一番引き継いだのは、味というより強い精神だと思っています。タルト・タタンを作り続けるというのは、そういうことだと思います」

りんごの作り手の気持ちがそのままタルトにも載せられているように感じた。りんご作りを始めた先人たちにも、武家が多かったのは意外に知られていない。

ラ・ヴァチュールのタルト・タタンには主に青森のふじが用いられ、煮崩れしやすいと言う理由で紅玉は使われない。先代のユリさんは、そこに酸味を足す意味もあったのか、ヨーグルトをかけてサーブしたそうだ。

今はこちらは別添えになっていて、お好みで楽しめる。代わりに麻耶さんは、酸味のあるりんご、はつ恋ぐりんやメルシーにもすでに着目して、用い始めている。

待っていると、テーブルに色も艶もうんと深いタルト・タタンが、到着した。

ずっしりと、やはりパワーフードのごとく体に収まっていく。その味わいは洗練されていて、まさにワンダーフォー！

君たちが林檎と名づけているものを
敢て語るがいい
この甘さ　はじめに濃くかたまって
それを味う口のなかでそっと起ち上り
清らかになり　目ざめ　そして透明になるものを

「ゆたかな林檎よ」（『リルケ詩集』）富士川英郎訳

ポムとアムール

15

元来、辛党だ。

フランス料理のレストランへ行くと、最後のデセールには、甘いお菓子ではなくチーズを選ぶことの方がつい多くなる。

そんな風なので、あまりりんごのお菓子については触れてこなかった。資格がない気がしている。けれどほんの時々、私にも好きなお菓子があり、例えばその一つが神戸生まれのりんごのチョコレート菓子。実はYさんの在籍する出版社の主催する文学賞の記念パーティで最初に土産に頂戴したのが出会いだった。

柔らかく煮たりんごに、ほろ苦いチョコレートがかかっており、しっとりしていて、その一つ一つが金色の紙でくねくねっとラッピングされているのが味わい深い。

茶色い箱の表面には、どこか大人びた青りんごの絵。お菓子の名よりも目立つ文字で「PROHIBIT」（禁止）と書かれており、どこかドラマチックな印象を伝えてくるお菓子だった。

数あるお菓子の中から取材させてもらうのなら、いろいろ選んでみても良いのでは、とYさんは内心思っていたかもしれないのだが、私は原稿の合間だったり、寝る前にお酒を飲みながらでも、このお菓子がそっと疲れを取ってくれるのを思い出し、なんとか製造元を訪ねてみたいとお願いし、このたび実現したのである。

このお菓子を製造販売している会社は、神戸元町にある。元町は、震災後に復興された新しい街並みと、線路沿いを始めとした古い風景が混在している。

お菓子の名前は、ポーム・ダムール。元町にある「一番館」という神戸らしい名前の店が本店だ。

元町の中でも古くからあるであろう、小さなビルの立ち並ぶ一角に、一番館はお菓子のイメージ通りの小じんまりとしたお店を構えていた。

アドレスは、元町時計店ビル3F。そう、お菓子の歴史はこの地で時計屋さんを営んでいた先代の、ある思いつきより始まる、というのが後のお話でわかった。

お話を聞かせてくれたのは、二代目社長の川瀬俶男さん。ブレザー姿で、このお菓子と共に元町に流れた四十五年の時間を、コーヒーとともにそれは楽しくお話ししてくれた。

「親父は明治生まれですわ。大阪に同じ明治生まれの仲良しの男がいましてね、こちらはチョコレートメーカーやったんです。なんか一緒にできんかな、いうことであーでもない、こーでもない、こうしよう、いうようにはじめたんでしょうな」

一九六〇年代後半、東名高速道路は全線開通し、高度経済成長の真っ只中であったろう。

「当時、りんごはあった。保存食やったでしょう。これを炊いて、一回乾燥させる。蜜りんごいうものが、昔あったそうですわ。これにチョコレートをかけるのはどうだろう、となったんでしょうな」

りんごとチョコレートの組み合わせはここで生まれる。

「いろいろ検討した結果、蜜りんごを中国で炊いてもらうことに決めた。ただしこれは、商売としては大変ですわ。中国の人らはとても一筋縄ではいきませんから」

と、川瀬さんは目の当たりにしてきた父君のご苦労を、朗らかに話す。

友人との、半ば口約束のように始めた菓子作りは難航する。試行錯誤すること二年、ようやくポーム・ダムールは完成する。二年は長いようだが、その後四十年経った今も全国の名だたる百貨店で販売されるお菓子となる。

蜜りんご、というものの存在を私はここではじめて耳にしたのだが、お菓子作りの基本となるりんごの形の一種のようである。

ポーム・ダムールの蜜りんごを製造している場所は、中国青島のずっと奥地となる。商社の紹介があって見つけたが、りんごこそ実るが、なかなかの辺境の地で、いつも霞が立ち込めている。

「冬には足の裏を思わずこするようなジンジン寒さの来る高原ですわ」

今ではご自身も足を運ばれる場所について、話してくれる。

りんごは大きなかまどで炊いて、蜜と一緒にドラム缶に一日半ほど漬け込んだあと、蒸気のむろで一日しっとりさせる。これを一つずつ人の手でカットしていき、個々の形になったものが日本に送られてくる。

その一つずつにビターのチョコレートがコーティングされ、さらに手作業で一つずつ両端をくるりとひねってラッピングされる。

チョコレートの厚みが絶妙だ。

心地よい歯ごたえと、ほろ苦さ、手作業により簡単には溶けてしまわないチョコレートが、口の中でとろけてはじめて芳醇な香りを残す。りんごの甘酸っぱさが後から広がる。

好ましいお菓子。

りんごの品種は、当初は国光か紅玉だったが、今は中国でもほとんどが、ふじ由来で高接ぎされた樹から収穫される。時季によっては、青くて硬いりんごも使うというが、箱の絵にあるような青りんごがベースではなかった。

用いるりんごによって、ポーム・ダムールの味は、実は一年のうち、時季によって微妙に異なると川瀬さんは明言される。りんごのカットも手作業のため、蜜りんごの形もよく見ると不揃い。だからだったのだな、と私はお話をうかがいながら思っていた。このお菓子は、包みを開くのが楽しいのだ。一つずつ、ちょっとだけ食感も味わいも違う。だから、また一つ、もう一つと手が伸びてしまう。

ＰＲＯＨＩＢＩＴ、いえ、どうか禁じずに。

「中国での仕事で一番大変な部分ってなんですか？」

そう、うかがうと、川瀬さんはすぐに味のことを話された。

「酸味がほしい、いうのを中国の人はなかなかわかってくれないのですわ。甘いものは甘くてぇえ言うんでしょうね。まあ、はじめはずいぶん甘かったんです。僕なんかは三十代の頃に試しに食べさせられると、うえー甘いと逃げてましたもん」

完成したお菓子を、神戸らしい洋風な包み紙でくるみ、明治生まれのハイカラさん方が知恵をしぼってポーム・ダムールという商品名もつけた。私の貧困な想像力でも、ポム（りんご）と、アムール（愛）を組み合わせた造語なのだろうと行き着く。

そもそも時計屋さんだった先代は、この港町で、当時舶来物と呼ばれた腕時計や万年筆を販売していた。辺りには、ゴルフ道具店やネクタイ屋などもあり、ご店主たちは皆さん、夜の街でも知られる面々だった。

「皆で麻雀をやりながら、中国文化研究家を名乗ったりしとったんですわ。親父は、お酒も飲めんのに、毎晩遊びに行く。いろいろアイデアを思いつく男で、早すぎて時代に合わないものもあったんです。港町ですから、海外旅行の専門店を引き受けようと、写真スタジオ、貸しカバン、医師も置いて予防接種の場所を作ってみたり、渡航の人らが買って帰る外国土産、なんていうのも並べてみたりした時期もあったんです。輸入チョコレートも早くから、置きましたね」

港町神戸には、人の行き来も多く、この地にいるといろいろな可能性が広がって感じられたろう。

「ただあるとき、『買った物を売るだけでは、商売としては面白くない。みたらし団子の店とか、フランスパンの店は、利益がある。ものすごく羨ましい』と言っていましたから、自分でも何か作りたかったんでしょう。亡くなる前には、時計屋はやめていいぞと言っていましたね」

出来上がったお菓子ポーム・ダムールは、はじめは手土産でどこへでも持っていった。やがて時計の神様と言われる長田神社の宮司が、皇室へもこのお菓子を運んでくれるようになった。一九八一年の神戸ポートピア博覧会に出展すると人気を博し、次第に全国の百貨店にも置かれるようになっていった。

博覧会は三月から九月まで続いたはずだ。真夏のチョコレート、手作業で仕上げられるチョコレートはしっかり溶けずに頑張ったのだろう。

この博覧会の頃から、税理士事務所で働いていた俶男さんも、一番館の手伝いに加わるようになる。

博覧会から数年して、先代は逝去される。最期まで仕事も遊びも好きで、一番館のビルの上階に自室を作って、そこで寝泊まりしていたという。

そんなうちに、一九九五年、阪神・淡路大震災が起きる。ポーム・ダムールは販売開始から二十年以上が経っていた。

「当時のビルはつぶれました。幸い、うちでは誰もけが人は出なかったんです。ありがたいことでした。それで、空いたままになっていた貸しビルの方に、在庫してあった製品を移して、皆で手作りで新しい店を作ったんです。震災が一月十七日でした。じきに、バレンタインデーになりましてん。まさかと思い、窓の外を見ると、下にずらっとお客さんが並んでいる。みんな食べるものもろくにないというのに」

今のビルは、一階が時計屋さん、二階が少しレトロな感じの喫茶店、そして三階がポーム・ダムールを主軸とし、輸入菓子も並べた一番館の製品の販売所で、川瀬家の歴史がそのまま詰まっているようだ。ところどころに昔のパッケージの製品がディスプレーされている。ドラマチックな印象の缶入りだった時代もあったようだ。

パッケージは少しずつ変わったが、今もこのお菓子は、時々違うフレーバーも加えつつ、一番館の堂々たる主軸の地位を保っている。

俶男さんにうかがった。俶男さんにとってのりんごとは？　……。ここでもまた、躱《かわ》されてしまうかなと、それも覚悟で訊くと、

「私は毎朝、りんごを欠かすことないですね。自分でもむきます。りんごはそれくらいいいものです。朝にあの酸味と水分ですっとする」

ポーム・ダムール。

りんごは、しっかり愛されていました。

私は久しぶりにこのお菓子の箱を求めさせてもらい、神戸を後にした。

三都物語は、さらに奈良へと通じるのだが、りんごとは関係のない寄り道も一軒。

同じ元町の新生公司《しんせいこんす》に焼き豚を求める。

先だって、私が解説を書かせてもらった、集英社文庫の太田和彦さんの『おいしい旅』の神戸編に出てくる焼き豚がいかにも美味しそうだとYさんが見つけておいてくれた店だ。

これは、はじめて目にする店の光景だった。

元町駅からは目と鼻の先だ。中華街からも程近いこの店は豚肉専門店のようである。

その店先にずらりと、のれんのように出来たての焼き豚が並んでいるのである。好みの大きさ

と、脂身具合を選び頼むと、愛らしい豚の絵の包みでクルクルっと巻いて手渡してくれる。そのリズムも見事。

今回の旅の娘への土産はこれでよし。ポーム・ダムールと焼き豚である。

後日譚がある。

十八歳になる娘が、その後友達と神戸にライブへ出かけて、わざわざ店を探して土産に焼き豚を買い帰ってくれた。

ただし残念ながら、その古い店舗は撤退し、百貨店の中の名店の一店になっていたそうだ。

「焼き豚のお店、知りませんか？」

以前の住所の辺りで通りがかりの人に訊ねると、近所の方だったのか百貨店に入ったことを教えてくれたそうだ。

震災後のバレンタインデーに、人の列ができたポーム・ダムール同様、神戸では美味しいものをみんなが繋げていくのを改めて実感する。

フクロウに会いたい!

16

あの小さな、照り輝いた鱒川のせわしいせせらぎ、
眼もくらむようなキンポウゲ、
郭公や啄木鳥の呼びごえ、梟の鳴き声、
天鵞絨のような暗闇から生々した花の白さを
のぞき見る赤い月、窓べにもたれ、恋の思いに
うっとりした彼女の顔、
そしてあの林檎の樹の下で彼の胸に高鳴る
彼女の胸、彼の唇にこたえた彼女の唇——
これらすべてが彼を取りかこんだ。

『林檎の樹』ゴールズワージー／渡辺万里訳

令和初日、弘前城のお堀は、やや色が変わり始めた花筏《いかだ》で彩られていた。

全部で二千六百本を数えるという桜、ソメイヨシノの花が散り始め、代わって枝垂《しだ》れ桜が咲き誇り、見物の人たちで賑わっている。

新しい元号のお祝いが各地で催されていたが、こちらのソメイヨシノの最古の樹は、樹齢百三十歳を超えるというから、すでに四つの時代を見守ってきたことになる。

よくソメイヨシノの寿命は百年と言われるようだが、弘前で古木がまだ活躍しているのは、りんごの剪定技術が応用されているからだと、最近になって伝えられた。

また、古木だからなのか、桜の花は、微笑んでいるように優しく映る。

令和元日は、十連休のど真ん中。

小雨催《もよ》いのしっとりした天候の中、空港で迎えてくれたのは、青森県りんご対策協議会の〝りんごの桃子さん〟で、貴重な一日をお付き合いいただいた。

〈何とか、会えますように〉

〈楽しみです〉

我々は、前日のメールでそんなやり取りをしていた。

実は、どうしても会いたい相手があった。

それは、りんご園で春に孵化《ふか》したという知らせが届いた、トウホクフクロウであった。りんご園に営巣するフクロウの研究をするムラノ千恵さんと、下湯口《しもゆぐち》ふくろうの会の二代目会長とは前年にも一度、夜の園地で一緒にフクロウを探していただいているが、そのときには残念ながら会えずじまいだった。

近くの自然林でがさっ、がさがさっと音がするたびに、皆が緊張し、逃げ腰になる（実際はだいぶ逃げた）というところで、終わっていた。夜の園地には、ツキノワグマもいなくはないからだ。

今度こそ、会えるだろうか。りんご園の巣箱では、雛が日に日に成長しているという。


東京から青森への飛行機の第一便は、朝九時過ぎには着く。桃子さんが自ら運転する車で迎えにきてくれた。

私はこの日、一日をこんなにも楽しめることを桃子さんのおかげで知った。

まずは腹ごしらえ。以前にもうかがったお寿司屋さんで、この時期に地元の人が食べるふっくらしたシャコ（地元の人はガサエビと呼ぶそう）をごちそうになる。

「本当は、花見の時期は、ガサエビとトゲクリガニを食べるのですが」と、桃子さん。

「カニは今日はないんですよ」と、大将。

シャコ！　そう、この時期のご馳走だ。

青森から津軽海峡を渡った先の函館で育った母も、春先のシャコはバケツごと茹でて食べた、と時々懐かしそうに話していた。お腹に朱色の子がたくさん詰まったシャコのなんと美味しいこと。欲張って、お代わりしてしまった。

それからムラノさん方と約束している園地へ向かう予定だったが、まだ少し時間があり、急遽、フクロウ・カフェなるところへ寄ることにした。

こういう選択をしたのは桃子さんではなく、私だ。

たまたまお寿司屋さんから見える場所にフクロウという文字を見つけてしまったために、ちょっと事前に会ってみたくなったのだ。こういうのを堪え性がないと言うのかもしれない。

扉を開いて二人で入っていくと、入り口にさっそくフクロウの剝製が二体置かれている。想像以上に、かなり大きい。ちょっと怖いかも。そう思いながら中へ進もうとすると、ぎろっと目玉が動く気配がある。

「え？　生きてる」

剝製ではなく、生きている。と、その高さまでかがみこむと、なんなのよ、という感じで風格のある白い羽毛のフクロウが二羽、こちらを見た。

それはあのハリー・ポッターにも登場する大きなシロフクロウであり、ツンドラ地帯が生息地。他にもミミズクやコノハズクや、無数のフクロウが止まり木に止まっているのである。

「このコは、頭をぽんぽんすると喜びますよー」

「このコだけは、あごが好きです」

「手にのせてみますか？」

店の人たちが、次々、信じられないような提案をしてくれて、桃子さんと私は、物の見事にフクロウに馴染んでいった。

これにより、幾つかわかったことがある。フクロウの羽毛は、実に柔らかい。腕にのせてみると、案外軽い。入り口にいたシロフクロウの体重は、実は一・五キロしかない。フクロウは留鳥、定住性が高く、動く必要がなければじっとしている。シロフクロウの名は確かティファニーちゃんだったが、彼女は一日に、朝にヒヨコを三羽、夜にウズラ一羽くらいを、生肉で食べる。うまくいけば、二十五歳くらいまで生きる。

総じてフクロウは、コアラ並みに可愛かった！　という、動物生態学とは何にも関係ない感想を抱く、リサーチの時間となった。

もとい、時間が来て、約束の園地へと向かう。

昨今、青森のりんご園のフクロウは大きな注目を集めている。ＮＨＫの番組「ダーウィンが来た！」でも特集されて、フクロウはりんご園のネズミ退治で有効的な活躍をすると、脚光を浴びるようになっていた。

ＪＡや、競《せ》りの行われる弘果（弘前中央青果）では、フクロウの巣箱が、一つ一万円ほどで売られるようにまでなったという話も聞いていた。

「ちょうど、ママが巣箱の近くで見張りをしています。パパとは声が違うのでわかります」

園地に着くと、ムラノさん方は、小高い一角に単管を建てて設置した巣箱の下ですでに調査を始められている。

「今、飛びましたね」

指差された近くの自然林の中を、羽を大きく広げたフクロウが横切る姿が見える。

先ほどフクロウ・カフェに行ったので、その大きさや羽の柔らかさが実感できる。

巣箱のそばをうろうろする私たちに警戒しているようだ。

「ムラノさん、あの、告白しておきますけど、今フクロウ・カフェに寄ってきたんです、ムラノさんは行ったことありますか？」

「いえ、ないんです」

そうだよな、と私は間抜けな告白を少し恥ずかしく思う。

「ときには親鳥が突進してくることがあるので」

と、ムラノさんは手にビニール傘を持っている。相手は野生だ。

さっきまでフクロウの頭やあごを撫でていた自分がまた思い起こされる。

しばらく、野生の母フクロウが飛ぶ勇姿を眺め、遠くの林へ去ったのを確認してから、巣箱の中を見せてもらう機会を得た。

鉄塔にかけてもらった梯子《はしご》を上り、巣穴の中を覗く。

母フクロウが必死に守ろうとしていた命、ほわほわの産毛に覆われて、目玉が黒々と光る雛が、一、二、三……全部で五羽も、身を寄せ合っている。

一度の産卵では、卵が二個くらい生まれるのが平均だというが、りんご園という場所は貴重なゆりかごなのか、ときにこうして産卵数が多くなるそうだ。

雛にとっては、我々は巣穴をぬーっと覗く黒い影のごとく怖いだろうに、ピーとも声をあげずに、なんとも健気な様子に映る。

五羽の雛たち、みんな無事に巣立つと良いのだが。そして園地を荒らすハタネズミを退治してくれたら、昔通りの生態系のサイクルとなる。

ご自身のご実家も弘前のりんご農家であるムラノさんは、弘前大学の指導教官の下、二〇一四年からフクロウによるネズミ駆除の研究調査を開始した。

巣箱の設置の試みは、下湯口地区の農家の方々が有志を募って、始めた。

お年寄りは、昔は園地にフクロウがいたのだし、懐かしいと思い出話を口にした。若手たちも、ネズミの駆除剤を使わずに済むのなら、それに越したことはないと検討に乗り出した。

さっそく三十の巣箱を皆で試行錯誤しながらかけたところ、フクロウはどこからともなく飛来してきて、多くの巣箱が利用されていった。フクロウは、フクロウ・カフェでも教わったように、肉をよく食べる。ムラノさん方の調査で、雛の時点で、一日に約二匹のハタネズミを食べるとわかったそうだ。親鳥は大好物のハタネズミが地面の穴から出てきたところを捕まえ、巣箱に運ぶ。

もともとりんごの古木が腐食した際にできるうろに住んでいたフクロウは、りんごが矮化《わいか》栽培（詳しくは19章で）となり、樹が小型化したため居場所を失った。一方ハタネズミには、矮化となったりんごの若木がかじりやすい。フクロウは姿を消しネズミ天国となり、農家の方々は年々、駆除剤に頼るようになっていった。

フクロウの寿命はカフェだと十五年から二十五年と言うが、野生だと十年未満。短いようだが、定住性が高く雛の生存率も九十パーセント以上と高く、下湯口の方々はかなり成果を実感していて、今は巣箱も六十個に増えた。

青森では、桜の花のすぐ後にりんごの花が咲く。花が咲く頃になると、雛たちは巣立ちをして、りんごの枝にちょこんと並んで止まることもあるそうだ。ちょうど摘花の作業にあたる農家の方々は、そんなフクロウの雛に出会う。近隣の小学生たちに、観察会を行うこともあるそうだ。

「可愛いですか?」

昨年一緒に、夜の園地を走った二代目会長さんに訊ねると、

「やっぱり可愛いですね」と表情が崩れる。

桃子さんも、こんな優しいことを言う。

「農業では動物を目の敵にすることが多いですけど、フクロウとは共生できていいです」

章の冒頭に引用したゴールズワージーの『林檎の樹』でも、夜の園地に響くフクロウの声が印象的に登場する。

フクロウのいる園地はきっと今後各地で増えていく。共生のシンボル、羽を広げて母鳥がまた飛来した。

この日はさらに、珍しいアップルパイにも付き合ってもらった。

「栄黄雅」という新しい品種のりんごで焼かれるアップルパイがあると聞いていたからだ。

このアップルパイを見つけたのは今回同行できなかった編集のYさんで、東京で放送されていたテレビ番組で見つけたのをメモしてくれてあった。

「どんなりんごだろう?」

「それが、黄色いりんごのようなんです。珍しいですよね」

調べてみると、王林と千秋の掛け合わせのようだ。りんごの世界では知らぬ人がいないはずの工藤清一さんが、弘前市内のご自身の園地で一九八二年より交配をはじめ、育成の完成度を高めていき、二〇〇〇年の品種登録。はじめの名前は、黄雅であったようである。

王林の親はゴールデンデリシャスと印度、千秋の親は東光とふじである。栄黄雅もこう見ると、サラブレッドである。

十月の中旬から下旬にかけて、やや晩生種として収穫されるりんごのようだ。私はまだ見たこともないりんご。

この珍しいりんごをアップルパイにしたフランス料理店がある。

約束の時間に、弘前市外崎にある一戸建てのレストラン、シェ・アンジュの扉を開けた。ちょうどランチ営業が終わった直後のようで、従業員の方々が賄いの食事をしていたところだった。

「悪いねー、そうだった、忘れてたよ」

コックコートに身を包んだオーナーシェフ、佐藤誠さんが出迎えてくれた。

「大丈夫ですか？」

「いや、ランチが一杯でさ」

それはそうだ。弘前は桜祭りの期間中、しかもゴールデンウィークの中日である。弘前は、今ではあの奇跡のりんごの冷製スープで知られるレストラン山崎の山崎隆さんや、こちらの佐藤さんらの取り組みで、フレンチの街としても人気だ。シェ・アンジュでは今や九割方が観光客で一杯なのだそうだ。

とすれば、ディナーの準備もすぐに始まるだろうと、今更ながら恐縮至極となるが、シェフはのんびりしている。

「栄黄雅ってりんごはさ、なんでも樹になってるときには、とても酸っぱいらしいのよ。それでね、弘果（弘前中央青果）のほうからケーキにどうかって紹介があってさ、珍しいからいいねって感じではじめたら、結構評判いいんだよね」

あ、あー、この感じ。覚えがある。りんご料理の達人のごとき方々に会うと、意外にも大半がこんな風に、りんごに対して突き放したような口調なのである。

僕はもう、りんごは大好きですよ、と言ってくれたのは、神戸のポーム・ダムールの社長くらいであった。

「もしかして、ご出身は青森ではないのでは？」と、訊いてみると、

「世田谷生まれ。りんご興味なし」

「またまた、そんな」

と、妙に慌てる私。

「いやほんと。だけど、青森で店をやるんだから、ケーキだったら、りんごでしょう？　出しやすいし、よく売れるもの」

ここまで言う。しかも満面の笑み、つまり、アップルパイはよほど美味しいのだろうなと推察したら、本当にお見事でありました。

「私、ホールでいただきます」

と、ご自分でもケーキもタタンも焼く桃子さんが、すぐに買って帰ると決めた。

焼いたアップルパイは、すべて冷凍で保管されている。訪問予定を忘れられていた私たちのためには、急遽そこから解凍して出されたわけだが、パイはぱりっとして、りんごはしっかりと程よく姿を残し食感を伝える。

「やっぱり、栄黄雅がよかったのでしょうかね？」

と、一応訊いてみると、

「いや、そんなに変わんないんじゃないの？　りんごだもん」

ずっと笑いっぱなしの取材時間になった。

栄黄雅は、こちらではプレザーブという状態で仕入れているそうだ。これをバター百パーセント使用の自家製のパイ生地で焼く。

プレザーブは、果実の原形をのこしたジャムのこと。時々、コンフィチュールと書かれたいただき物をすることがあるが、ジャムは英語で、コンフィチュールはフランス語の違い。ちなみにマーマレードはポルトガル語由来。

シェフは、このプレザーブについても、

「あるのよ、そういうフランス料理の手法がさ」という具合で、あまりよく説明してくれなかったが、青森で店を構えてもう二十二年、店内のお料理の食材を拝見すると、地元のおいしいものが勢ぞろいしている。

表現がつれないほど、りんごにも他の食材にも愛があるように感じてしまう。シェフたちはいつも究極の引き算をしている人たちに見えるから、そこにあるだけで愛された食材だ。

本当はフランス料理の人と、一度、時折目にするりんご風味のワインの味わいについて話してみたかったのだが、またの楽しみとした。何しろシェフは本当は倒れそうなほど忙しい日のはずだったし、私もこれ以上欲張るわけにはいかない身も心もいっぱいの一日。

帰りには温泉にまで浸からせてもらって、帰京した。

桃子さんのおかげで一日はこんなにも充実していたわけだが、帰り際に、助手席で、

「もうじきりんごの花が咲きますね」

と話すと、週末にはご実家のお手伝いをする桃子さんが、こんな風に。

「まず、王林の花が咲くんです。りんごの樹の区別は私にはつかないですが、王林だけは花もピンクで樹に勢いがあり、特別な感じがするんです」

別れ際に広がった王林の風景の中に、帰京した今もまだ桃子さんがいる。

17

りんご社長、湯を当てる

窓の外ではリンゴ売り
声を枯らしてリンゴ売り
きっと誰かがふざけて
リンゴ売りの真似をしているだけなんだろ

「氷の世界」井上陽水

車の中で、いつも音楽を聴いている。

だいぶ昔はカセット・テープで聴くので、男子が女子に自分で編集したカセットをプレゼントするのなんかが流行っていた。やがて車にもＣＤプレーヤーがつき、一枚ずつがきゅうっと吸い込まれていくようになり、今はスマフォからＢｌｕｅｔｏｏｔｈを通じて音楽が流れる。

ある時急に井上陽水さんの「少年時代」を聴きたくなってダウンロードしていると、この歌にも出会った。

「氷の世界」だ。

はじまりに出て来るのは、リンゴ売りという言葉だった。

それは、こごえてしまうほど寒い日、リンゴ売りなのか、真似しているだけの声なのかが出て来る。印象的な歌詞。

リンゴ売り、の声ってどんな風なんだろう。弘前の友人に聞いても、駅前の行商の人たちはよく見たけれど、売り歩く人は知らないという。むしろ、津軽のりんごを東京などに売りに出た人たちがいたのだろうか。

函館や周辺の街には、かつて朝イカ売りの声がよく響いていたそうだ。

「イガーイガー」

早朝、声が響くと、お母さん方は買いに出て、すぐに台所で捌いて、家族にイカ刺しを振る舞った。今はイカはなかなか獲れず、だいぶ高級品だ。

最近は、竿竹売りも焼き芋売りも声を聴かないし、物を売って歩く人たちに出会わない。寒い日にりんごを売って歩いていた人たちがいたのだったら、会ってみたかったと思う。

「三つください」

「おまけするよ。五つでどうだい？」

震えながらそんな話をして、買い帰るりんごを想像する。

実際、本格的なりんごの収穫期は、寒い時期なのだ。主砲のふじなら、山々が冠雪し、寒さがひたひたと押し寄せる時期。

農園が続く一帯を歩いていると、日が暮れてもなお農家の方々はりんごもぎをしている。りんごの表面を覆うつゆが手首のあたりに流れてきて、肌がしもやけになるほどだと聞いたことがある。

収穫を終えても選別や箱詰めがあり、寒い中での作業は続く。

私には一つ、青森で出会った好きな話があって、これは収穫期の寒さと関係している。

案内してくれたのは、りんごの桃子さんだ。

温泉好きの桃子さんに、以前、何かで目にした、りんごの浮かぶ温泉について聞いてみると、もちろんよくご存知だった。

青森は温泉が多い。

「私は若い時は混浴も平気で。酸ヶ湯温泉に一度、混浴はもう禁止にしてほしいというようなクレームが出たときには、新聞社に手紙を書いたほどでした」

混浴温泉もずいぶん少なくなったのではないだろうか。昔は山小屋にも少なからず混浴があった。一緒に山登りをしたメンバーで、男性陣、女性陣が時間を決めて分けて入るはずなのに、酔うと曖昧になっていき、覗いた覗かれたと大騒ぎになった。それは確かに野蛮すぎるのだが、人間の馬鹿騒ぎの原点のようにも思える。

元ミスりんごの桃子さんと、りんごの温泉に入る。女同士ながら密かにときめいていたのだが、桃子さんは今回はドライバーに徹し、入浴しないという。真新しいタオルが準備されていて、優しく手渡された。

津軽南田温泉ホテルアップル・ランドは、りんご作りの名人たちが腕を競う平川市にある。和風建築の堂々とした温泉。

到着すると、すでに浴衣姿の客人たちが館内で寛いでいた。

「ここの母体は、マルジンサンアップルというりんご卸の大きな会社です。りんごを箱に詰める役の詰め子さん方が、冬は寒かろう、手が冷たかろうと、社長が温泉を掘ると決めたそうです。そうしたら見事、ここを掘り当てました。はじめは福利厚生的な場所だったのですが、あまりにいいお湯なので、地元の人たちが日帰り入浴もできるようにして、今は観光の人たちが宿泊にも来る温泉施設です」

と、桃子さんは教えてくれた。

何しろりんご卸の会社だ。温泉には通年、りんごが浮かぶ。脱衣場の前には、「大浴場内・苹果の湯〈本日のりんご風呂の品種は『ふじ』でございます〉」という案内の看板がかけられていた。苹果という西洋りんごの古式ゆかしい言葉が今も用いられていた。

りんご風呂は、内風呂も露天風呂もあり、一度に百二十個ほどのりんごが、毎日二回ずつ入れられる。そのつど品種は異なり、日によっては、あの大きな「世界一」が浮かぶこともあるそうだ。そうなると、世界一の温泉となるわけです。

私ははじめて、りんごと一緒に入浴した。

大きな浴槽からは霞のように湯気が立ち上っていて、体を浸すと、波が立つのか、その向こうからりんごの群れがころころ、ころころとなんとなく近寄ってくる。甘酸っぱい香りが漂う。やって来た順に、我が子の頭を撫でるように触れてみるが、まだしゃっきり硬いりんごだ。露天で雪見をしながらりんごと湯に浸かる。なかなかない体験だろうな。

体が温まってくると、思わずかじりつきたくなるようなまだ瑞々しい感じの立派なりんごだ。

「りんごってあまり香らないのね」

一緒に入ってきた関西から観光のご婦人はそう話しかけてきたが、私には、ようく香っていました。

体の芯から温まる。肌は束の間、滑らかになる。

湯上りのままロビーへ行くと、同館の日帰り・宴会課長補佐の一戸聡志さんが、冷たいりんごジュースで迎えてくれた。

「いや、僕らホテルの人間は、そう、りんご、りんごしなくてもいいと思ってるんですけどね。修学旅行の子たちなんか、面白がってりんごぐちゃぐちゃにしちゃうこともあります」

「いや、りんごいいじゃないですか」

りんご風呂は、りんご好きにはたまらないという話をひとしきりさせてもらった。このようなりんご体験は、なかなかできるものではない。

こちらでは、食事にもりんごのメニューが並び、部屋の冷蔵庫を開けると、りんごが一つ、待ってくれているそうだ。

驚くべきは、外に出ると、館の上に巨大な観音様が立っていることである。高さは十六・五メートルとのこと。この観音様が左手で掲げているのも、りんごだ。

株式会社マルジンサンアップルの歴史は、同館の社長、葛西甚八氏の一代記であった。

父親の作った借金のかたに、社長は十四歳で蟹工船に乗る。しかし、これではいくら働いても借金は返せないと、りんご卸を志す。二十代前半で仲買人に。三十歳で、従業員は二百人体制になる。

従業員が寒かろうと温泉を掘るが、七百五十メートルのボーリングをしても、冷たい水しか出てこない。そのような時期に、不幸が襲う。娘婿がりんご運搬中の事故で他界してしまう。

温泉は諦めかけていたそのとき、湧き出ていた水が湯に変わった。しかも、湯量は豊富で泉質も素晴らしい。

仏様になった娘婿のお計らい、と甚八氏はとらえた。

それで観音様だったか。今は高い場所から、周囲のりんご農家たちを見守るように立っている。

こちらで販売する平川のりんごは、社長の名前から甚八りんごと名付けられ売られている。大正生まれの社長は、毎日りんごを欠かさず食べて、九十五歳まで長生きしたそうだ。

ある会社を経営する人が、愛念という言葉を密かな信条として静かな口調で話してくれたことがあった。

愛情とか愛欲とも同義で用いられる言葉だが、なんとなく怨念との対義語で話されているように聞いていた。自分もできるだけ愛情を注ぎ、そうすると社員や周囲の人たちが愛念で支えてくれるのだ、というような話だった。

りんごの温泉に浸かり、りんごジュースを飲む。外に出ると夕暮れで、桃子さんにすっかりお世話になったお礼を言った。

栗毛の馬とりんご

たとえ明日
世界が滅びることを知ったとしても、
私は今日りんごの苗木を植える

マルティン・ルター、または多くの民衆が作り上げた言葉

18

初夏、りんごへの渇望が続く中、また旅に出た。

ここ数年、編集者のYさんと出かけている、高校生のための文化講演会の会場の一つが、この年は茨城県の牛久だった。

高校生の皆さんには少々暗い話をしてしまったのを反省しながら、講演後、私達は、茨城県にも存在するりんごの里へと向かった。

日頃スーパーマーケットの棚で茨城のりんごを見ることはあまりないのだが、いつだったかYさんが茨城の友人からもらったふじがとても美味しかったと感心していた。

せっかくだからりんご園にも足を延ばしましょう、となったのだが、ここは思いの外、遠かった。牛久からは常磐線で水戸まで出て、そこから水郡線に乗り換える。「車で行くと、山方の辺りからは本当に山深くなっていきますよ」と、地元出身の新聞社の方から聞いていた通り、車窓の緑はどんどん色濃くなっていった。

そう言えば、水戸までの電車は通勤通学の皆さんと一緒のぎゅうぎゅう詰めで、さきほど講演を聞いたばかりの高校生が声をかけてくれたのだった。

「あの、わたしのうちは、実は大子町《だいご》なんですよ」

講演の挨拶のときに、Yさんが明日はりんごの取材で大子町に足を延ばすと言ったのを覚えていてくれたみたいだ。

「大子町から通っているの？」

「いえ、わたしは土浦の親戚のうちから通っています。大子町には友達の家のりんご園もあって、アップルパイが美味しいですよ」

と、清々しく微笑んでくれた。

その夜は袋田の温泉で一泊。清流のほとりに建つ温泉宿で、露天風呂は川べりに掘られ野趣溢れている。Yさんとは朝から清流の響きと鳥の鳴き声を聞きながら露天風呂に入り、車を頼んでさっそく黒田りんご園に向かった。

澄んだ空気の中、山間の道を登っていく。タクシーのメーターまでぐんぐん上がっていくのに、ちょっと慌てる。後からわかったのだが、茨城のタクシーは初乗りの料金も七百三十円である。こういうところを走ると、高齢者が自ら運転をせずに暮らすのは大変だとつくづく感じる。家族が同居できる方々の得る恩恵も。

タクシーで向かう先は、りんご園だ。

「お客さん、こんな時期にりんご園って、大丈夫ですか？」

りんごが実っていないけど、知っているのかな、という具合に遠慮がちに訊ねられる。

「ちょっと取材をさせてもらいに行くんです」

「ああ、そうでしたか。だったらよかった。りんご狩りの時期でもないし、大丈夫かなと思ってね」

この運転手さんとの話で、思わぬことがわかった。茨城県の大子町には観光農園が四十軒以上存在する。収穫の時期になると、どのりんご園も観光客でいっぱいになる。昔は印象としては百軒近くあったはずだ、というのである。

りんご狩りにそんなに多くの人が押し寄せる場所を、私は正直言うと見たことがなかった。狩るといっても、りんごは食べられてせいぜい一つか二つだ。宮沢賢治は三つ食べたそうだが。

「あの、本当にそんなにりんご狩りに人が来るんでしょうか？」

りんご好きとは思えない質問をしたのだが、

「いやあ、来ますね。この辺りの道は、いっぱいになりますよ」

目の前に広がっていたのは、素朴ながら広々とした構えのりんご園だった。

Yさんがウェブサイトで見て取材依頼をしてくれていた。「陸奥」の古木があるというのでそれを楽しみにうかがったのだが、実はなんとこちらこそが茨城県ではじめてりんごを植えたお宅だったのだ。

Yさん、これまた大金星です！

東屋に縁側があり、涼やかな風が吹き抜ける。少しそちらで待たせていただくと、園主の黒田恭正さんが現れ、お座敷へ通してくださった。作業の手を休めてやって来てくださったとのこと。

天井と鴨居の間に代々のご先祖の肖像画や写真が並んでいる古いお宅だ。

「はじめにここにりんごを植えたのは、あの絵の私の祖父、一《はじめ》になります」

第二次世界大戦のさなかの貴重なお話を聞く。

もともとこの地で、こんにゃく、酪農、タバコや養蚕を手がけていた一さんは、一頭の栗毛の農耕馬を大切に飼っていた。しかし、昭和十八年、軍の命令で馬が軍馬として取られてしまう。

一さんは、自ら手綱を取って水戸まで馬を届ける前に、馬の体にブラシをかけてよく洗い、好物を食べさせた。馬と引き換えに、軍からは百二十円というお金を得た。一さんは、このお金をただの飲み食いに使うのでは忍びないと、埼玉からりんごの苗木を取り寄せることを決めた。

元来、学者肌で、よく歴史の本や園芸の書物を読んでいた一さんは、当時、りんごは高級品で、東京の千疋屋などでは一つ百円もの値段をつけていたのを気に留めていた。長野の辺りにはりんごが実るのがすでにわかっていて、標高や寒暖差などを考えても、自分の農地でも栽培ができるのではと考えていたそうだ。

百二十円で買った苗木は、二百本にもなった。当時の品種で、祝や旭だった。息子さんとこの苗木を植えていくのだが、当時戦時下にあった日本では、作付統制令が敷かれ、りんごのような果樹は「不要不急」の代物と見なされていた。

「黒石のりんご研究所に行くと、昭和十九年、リンゴ作り国賊視される、という一文があります」

私は何度もその場所を訪ねていながら、気づかずにいた。

斎藤康司さんが書かれた『りんごを拓いた人々』にも、当時のりんご作りに対する冷遇が描写されている。それに対し青森市に近いりんご産地の浪岡町《なみおか》では、昭和十九年に総会が開かれ、〈「りんごづくりも皇農である」米作りと変わらない天皇の農民だという宣言を採択したのは、そういう風潮に対して開き直って見せた、りんごづくりのしたたかな根性であったと思われます〉

黒石の研究所を次回訪ねる時には、私も改めてその文章を見せていただこう。国の政策に翻弄されながら、りんご作りが続いてきた証だ。

黒田家が取り寄せた苗木も、人目を避けるようにほとんどが日の当たらない林の中に植えられている。日当たりのよい庭に植えたのは、五本だけ。

昭和二十年、戦争終結、日本は敗戦を迎える。

黒田家のりんごは、庭で日の光を浴びたこの五本だけが大きく育ち始めた。作付統制令が解除になったのを受けて、黒田家の本格的なりんご栽培がここから始まっている。

このご家族の物語は、茨城県出身の高井節子さんの手により『馬とリンゴの木』という短編童話になっている。

〈「よくはたらいてくれて、ごくろうさん……」〉

と、栗毛の馬を送り出したご家族の優しさや、一さんが、

〈「リンゴが実ったら、たべにこい！　おまえのかわりに植えたリンゴなんだから……」〉

と、つぶやく描写は、心に焼きつく。

一さんは、九十七歳までこの地でりんごの成長を見続けた。

茨城県の山深い大子町では、りんごを栽培する農家が町一帯に広がっていった。現在は八十ヘクタールほどだが、最盛期は二百ヘクタールにも及んだそうだ。

奥久慈の「観光りんご」の名で親しまれ、温泉も楽しめるとあって収穫の時期には観光バスも

やってくる。一さんからりんご栽培を受け継いだ宏さんは、後に大子町の町長にもなった。今は恭正さんで三代目、息子さんもすでに栽培家で四代目。多いときには一日千人の来客があり、年に一万人は超すというのだから驚かされる。

「観光りんご園というのは、青森などでは、ほとんどない光景ですね」

私が言うと、

「茨城や群馬はほとんど観光りんご園ではないでしょうか。生産量が少ないので市場で青森に勝てないというのもあります。ただその分、私達もりんご作りには味にこだわりがあります。私はどうしたら美味しいりんごができるかを探し続けて、長野に二年半、青森で達人と言われる先生にも師事して十五年、山形県の名人の先生にも十年教わり、出版されている書物、論文などを読み、栽培の試行錯誤を繰り返してきました」

その結果「作物は肥料で育てるもの」といった考えは間違いであると恭正さんは行き着き、もう三十年はほとんど無肥料で栽培している。りんご作りには、結果そうして学究肌になられる方が多いように感じる。

園地を案内していただくと、樹齢七十歳を過ぎた陸奥の古木だけでなく、古い品種では、旭、祝、印度もあった。

お年寄りの来園者たちが、懐かしんで、歓声をあげてくれるそうだ。

また早生のさんさやつがる、中生種の秋映や晩生種の王林、どの時期でも楽しめるように品種はちりばめられ、蜜が多いこうとくやクラブ制で栽培されるピンクレディーなどもあった。

「こちらならではの、りんご作りがたくさんあるのでしょうね？」

少しありきたりな質問をした。

すると、黒田さんの答えは明確だった。

「陸奥の古木は、今休ませています。りんごの樹は妊婦と同じ、身を削ってでも実らせてしまう。なので、人間と同じで、疲れたら休ませます。他にはこまめに樹の手入れと管理をします。たとえばこの辺りではほとんど黒星病が出ません。防除を薬品に頼りません。落葉の処理や、それと樹木の垢落ちの粗皮削りをします。はい、ブラッシングをするんです」

馬を送り出したときに、祖父の一さんがその体にブラシをかけた。思わずその情景と重なってくるような話だった。

確かに言われて見ると、園地の樹の幹はおしなべて白い。白くてぴかぴか光って見える。

「ほんとに白いね」

「これは、はじめてですね」

と、Ｙさんと言い合う。

恭正さんは、頼まれて韓国でもりんご栽培の指導を始め、今では十年になるという。はじめは現地での反日感情が強く、日本人に教わるなら村八分にしてやる、とまで言い出す人もあり、なかなか農民は集まらなかった。けれど今は、教わった順に良いりんごができていくのを見て、指導会を開くと会場には千人くらいが集まり、立ち見も出るそうだ。

反日はいつしか親日に。向こうからもバスをチャーターしてやってくる。

「りんご作りは人作り、技術だけ学ぼうと思っても習得できるものではありません。まず、食べる人を幸せにできる〝りんご作り〟になりましょう、ということで、韓国でのスローガンは、Ｈａｐｐｙ Ａｐｐｌｅ。それが私のりんご作りの目標です」

栗毛の馬が今もこの農園を、美しいたてがみを揺らしながら駆け回っているように見える。

七十年来、休み休みここで大切に育てられている陸奥の樹の清潔に手入れされた肌で、私もひととき休息をもらった。

19

名月、燃え上がる

白い前かけをした娘だ、
娘のくちびるが、あかいくちびるが、
林檎が、しだいに、あざやかに、
私のくちびるを追ひかける。
めいりいごうらうんど、木馬がまはる、
世界がまはる、光がまはる、

『拾遺詩篇』萩原朔太郎

初夏の日が続く。

りんごを待つには、長い日々だ。

群馬県の北部、沼田市に、ぐんま名月を主要品種にしている観光農園があると聞き、百三十軒ほどあるうちの一軒、松井りんご園を訪ねた。観光りんご園という新しい場に茨城で出会い、その土地ならではの成り立ちに関心が深まっていた。

まだ、りんごたちはとっても小さく膨らみかけたばかりの時期だが、高原の入り口にあたるこのエリアには陽光が溢れ、爽やかな風が吹いていた。

園主は、松井富雄さん。こちらでは、県のりんご品評会で毎年のように金賞を取っている。その上、東京にいた頃はモデル業をしていたという見目美しい後継ぎの息子さんが育てたサンふじは、青森県で行われた「りんご王者決定戦２０１８」で優勝したという実力の農園である。

除草剤は使用せず、低農薬、樹上完熟でのみ収穫するのを先に知り、どんな雰囲気のご園主かなと身構えていたのだが、松井さんは大変楽しい方だった。

「ぐんま名月ってのは、はじめはただの名月って名前だったのよ。まあ、省力りんごとして育種されて、試験場の人が穂木を持ってきたんだよね」

黄色いりんごは、王林、トキをはじめ、生産者が葉摘みをする負担がない省力りんごと呼ばれる。省力できるなら結構ではないかと思うが、松井さんはこれには後ろ向きだった。

「だけど俺は、名月作るんじゃ面白くないなってはじめは思って、そんな穂木、いらねえよって言ったもん。栽培家っていうのはうんと矛盾していて、手間がかかるりんごにうんと手間をかけたいわけよ。自分の身を削ってでもやりたい。だから、そんなりんご、やんねっぺよと俺なんかは反対だったんだ。同じ群馬のりんごなら、新世界がいい。名月は、ドラフト外だったね」

りんごの世界には、月や星と名のつく品種が少なからずあり、星なら金星、星の金貨……。そのほとんどが、黄色いりんごだ。夜のりんご園では、星のように輝き、また月のように冴えて映るに違いない。

近年、その名だたる星や月たちの中でも人気を集めているのが、このぐんま名月ではなかろうか。北海道では同種を「ななみつき」とブランド化しているが、はい、もちろん群馬県で育種された、ずっしり重たく実り、甘みの強い黄色いりんごです。

ちなみに「新世界」は、ふじとあかぎの交配品種。鮮やかな紅色のりんごである。

松井さんは、ぐんま名月について、それでも県が推しているし、まあ少し作ってみようとなった。馴染みのお客さんから注文を受けたふじの箱に、彩りとして少し入れてみたこともある。

すると、反応は悪かった。

「おいおい、こんな黄色いりんご入れて、喧嘩売ってんのかって話よ、最初は」

と、松井さんは述懐される。

だが、ある時、形勢は逆転する。

「ところが、この名月は、蜜がよく入るっぺ。ぎりぎりまで待って収穫したのを、お客さんが食べたんだよね。蜜がたっぷり入っている。うめえうめえと言い出して、急に火がついたと思ったら、一気に燃え上がったのよ。ぐんま名月は」

明月が燃え上がった、という表現が面白くて、私は改めて確認させてもらう。

「ぐんま名月の名前は、最初はただの名月だったんですね？」

「そうそう、満月っていうのもあったの。名月の方が残って、おしまいになって知事が頭にぐんまとつけたんだよね」

「蜜の部分って本当は甘くないそうですよね」

と、私は前作で学んだ、ソルビトールという成分が他の果糖より甘くないことを思い起こして言う。

「そうだっぺ。だけど、一度でもたっぷりの蜜を見たら、今なんか蜜がちょっとじゃ不満が出るのよ。皮のぎりぎりまで蜜がないとだめだって言うんだ」

蜜の入り方を判定するセンサーが、松井りんご園にはある。ぎりぎりまで蜜を入れて、今しかない！　というそのときを待って収穫する。だから、ふじが出荷されるまでの間をつなぐ省力りんごだったはずが、結局手間がかかっているという。

お客さんはほとんどが常連さん。しかしここ群馬県でのりんご栽培の始まりの話は、やはり前章で書いた茨城の話とも少し似ていた。

松井さんのところも、明治期から農家だった。牛飼いや養蚕をしていた。なんでもやらねば大変だった時代。群馬県で最初は明治十八年に、西洋りんごの栽培が始まる。

それに遅れ、松井さんのりんご園のある利根沼田エリアでは、明治三十年になってから普及が始まった。

「皆さん、希望に燃えて植えたんですよ。それで、成るにはなった。だけど、収穫しても、群馬県のりんごを誰も相手にしてくれない。市場に出ても隅っこ。単価も安い。植え始めて十五年を過ぎた頃から、りんご栽培をする農家はだんだん減っていって、りんごは当てにしていなかった農家だけが残ったんだね」

松井さんの家も、その残ったうちの一軒だった。松井さんが高校を卒業した頃、イギリスから矮化栽培といって、矮性の台木を用いて樹の高さを低くして行う栽培法が導入される。松井さんのお父さんは、おそらくりんごの未来の可能性をどこかで信じていたのだと想像するのは、父と母は養蚕を続けたが、りんごは「お前がやれ」と松井さんに託したからだ。

そこから松井さんのりんごへの取り組みが始まる。自分がやるなら、水田もすべてりんごを植えさせてくれと申し出て、りんご作りを始めた。

精一杯作り、味も悪くない。けれど、やはり市場からのニーズがない。群馬のりんごを、誰もよく知らない。

地区ごとの青年たちで集まって、いろいろな工夫もし、全国へ無料配布のキャラバンにも出た。だがやはり、成果は出ない。あるとき、雨戸の戸板の上にりんごを並べておいた。そうしたら、このりんごを譲ってください、という旅人が現れた。

松井さんの農園は、県道二六六号線に面していて、この道を通った先に迦葉山《かようさん》という、天狗で知られる曹洞宗のお寺がある。日本三大天狗というのがあるらしく、その一つに数えられるようだ。田中角栄氏が詣でたとかで、新潟はじめ各地から、お米を奉納しにやってくる。その帰りにりんごを分けてほしいと、農園に立ち寄るようになり、市場では苦戦していたりんごが面白いほど売れ始めた。

りんごと旅は、よく似合うとここでも感じる。

松井さんは結婚し、妻はそこに小さな売店を作った。りんごはしだいに生産が間に合わないくらい売れるようになった。

紅玉、国光の時代から、スターキングデリシャス、ゴールデンデリシャスとなり、昭和三十七年に青森ではふじが品種登録となるが、同じ年に群馬でまいた種から選抜され、昭和五十年にあかぎ、五十六年に陽光が正式に命名される。

次には県の大きな期待を担った新世界が続き、群馬県独自のりんごが生まれていく。

そして、名月誕生。

たっぷり入った蜜とともに、松井さんの当初の意には反し、この品種は燃え上がった、というわけである。名月を育てたのは、松井さん方、群馬のりんご栽培家たちだが、誕生させたのは研究メンバーたちだ。

群馬には、群馬県農業技術センター中山間地園芸研究センターという、育種や栽培の研究を続ける場所がある。

こちらの始まりは、民間主導といっても良いのではないだろうか。

昭和三十五年に、松井さんの家ではお父さんの代に当たるはずだが、りんご農家の人たちが土地を提供し、強い要望を受け、研究所は設立された。一緒に、りんご作りのための研究をしてほしい、という要望だった。

なので、育種される新しい品種への反応は、農家の人たちからダイレクトで入ってくる。農家を呼んで、試食会をする。名月より新世界への期待が高かったのも本当で、「満月という消えてしまった系統もありました」と、同研究センターの後藤さん方は話してくれた。

群馬は、りんご産地にあっては南方にあたる。南でも栽培できる品種が望まれる。そしてセンターの方ははっきりこう言った。

「青森や長野とは、背負っているものが違いますし、同じ土俵には上りません。その分、特定の人の心をつかむ、特定のファンを持つりんごを作りたいですね。新世界なら香り、ぐんま名月なら蜜や甘さ、小さい産地ならではのいい循環を目指します。僕らのセンターは、農家の人たちに応援してもらってできた試験場なんです」

初代の場長は千葉大から来た先生で、土日であっても、農家の人らが病気になった葉を持って自宅を訪ねても、嫌な顔をせずに一緒に対策を講じてくれた、と松井さんも言う。

栽培家こそ研究者であると、私は思う。群馬では、両者は四季を通じて、意見を交わし合った。りんごのことを話しているようで、きっとそこには自分たちはどう生きるかが託されるのだと感じる。

今年（二〇一九年）は満を持して、「紅鶴」という新しい品種の販売が始まる。〈鶴舞う形の群馬県〉と上毛かるたにある、その言葉を拾ったそうだ。
帰り際に、北海道の七飯町では、ぐんま名月を「ななみつき」というブランドで生産し、売られていることについてどう思うかうかがってみた。私が北海道を代表して訊く立場ではないのだが、実は私は、七飯町は小説の舞台にもさせてもらったことで観光大使をしている。
群馬県ではやはり県民の方々よりこの命名について疑問の声が届いたそうだ。なので群馬県として北海道庁に連絡はした。どこかに、群馬で作られたりんごだということだけ書いてくれたら良いのですが、という柔らかな提言となったそうだ。
りんごが喧嘩の種にならなくてよかった。
帰りにYさんと前橋で、萩原朔太郎ゆかりのレストランに行き、前橋文学館へも立ち寄らせてもらった。館長はご令孫の萩原朔美さん。
朔太郎氏の詩のりんごは悲しい。
〈若い日はすでに過ぎ去り
今の我れは
いたくすえたる林檎の核なり〉
久しぶりに第一詩集『月に吠える』の言葉の世界も少しさまよう楽しみをもらう。群馬の夜はきっと深いのだなと感じる。
文学館の方が、詩人たちが綴ったりんごを丁寧に拾い集めてくれて、もう一人、地元の詩人である山村暮鳥の作品を紹介してくれた。
〈林檎のような
さびしがりはあるまい——
一つあつても
いくつも
いくつも
積み重ねられてあつても〉
こちらは、澄んだ気持ちになる。りんごのつづまやかさが伝わってくる。
前橋文学館は、川べりにあり柳の枝が揺れている。館を出て、散歩して帰る道々にもまたさわさわ良い風が吹いていた。
それにしても、朔太郎氏十六歳のときのこの言葉がしばらく頭を離れなかった。
〈艶めく情熱になやみたり〉
その言葉もきっと、群馬の夜から生まれたのだ。

20

りんご酒は故郷の匂い

駄目どころか、それはリンゴ酒より
いいにきまっているのであるが、
しかし、日本酒やビールの貴重な事は
「大人」の私は知っているので、
遠慮して、リンゴ酒と手紙に書いたのである
『津軽』太宰治

ある日突然、何かを思い出す。

先日、地方のホテルで白いピアノを目にする機会があり、そう言えば、白いグランドピアノを弾く貴公子のような人がいたね、と友人と話が弾んだ。

「うーんと、リチャード・クレイダーマンだ!」

彼女が名前を思い出し、私はそのピアノの製造メーカーを記憶していた。

「チェコのペトロフのピアノだったはず。それで、うちの娘のピアノをペトロフにしたんだもの」

と、私は告白する。

東欧の夜の仄暗さを感じさせるような音色のするピアノだ。習いたての娘にそんなピアノを選んでしまったのは、ショールームで見た変色しかけた一枚のポスターがきっかけだった。リチャード・クレイダーマンがピアノの前で微笑んでいたのだ。

そんな話をして帰宅した後、そういえば今も演奏を続けているのかなと調べてみたくなり、ウェブサイトを探した。便利な時代だ。いろいろわかる。わかっているようで、わからない気もするが。

だが一つわかったのは、リチャード・クレイダーマンがりんご好きであることだった。

来歴によると、リチャード・クレイダーマンは芸名だ。フランス人。十六歳ですでに天才と呼ばれ、音楽学校を首席で卒業し、ポップミュージックの演奏を始めていたが、あるオーディションで抜擢されて、日本でも人気となった『渚のアデリーヌ』で世界デビューを果たす。アデリーヌとは作曲家の娘の名前で、楽曲はすでに用意されていた。芸名もそのときにつけられた。本国では、リシャール・クレイデルマンと発音される。

今も年に三百本のコンサートをこなすのはギネスの記録になっているほど。物静かで、はにかみ屋。休日は、自宅でピアノを弾き、読書をする。運転手付きの車より自分で運転するのを好み、楽屋に用意する食事はシャンパンやキャビアではなく、サンドイッチとミネラルウォーターと、りんごがあれば十分としているそうだ。

あの澄んだ音色と優しい微笑みは、そうした日々から生まれるのだな。サンドイッチとミネラルウォーターと、りんご。ヨーロッパをトレッキングしている学生のデイパックに収まっている食事のようだ。時間をかけずに、一日に必要な瑞々しさを得ることのできる素晴らしい食事。

季節は八月初旬、一年で一番と言っていいほどりんごを渇望する季節。

極早生種の到来を待つか、翌月のつながるの収穫を待つか、または貯蔵されたりんごを食べるか、南半球のりんごに手を伸ばすか。スーパーマーケットのりんごコーナーで、しばし立ち往生してしまう時期だ。私は仕事場を今年も函館に移し、札幌の実家へも向かう予定にしていた。

そんな折、りんごの桃子さんがメールをくれた。

収穫されたばかりの極早生種「恋空」を、以前約束した通りに送ってくれるという。

実は五月に弘前までフクロウの雛を見に行ったときに、こんなやり取りをしていた。

桃子さんはフェイスブックに様々なりんごの写真を載せていて、そのページを通して私は青森での収穫の様子や、美味しそうな盛り付けも知る。五月に訊ねたのは、

「桃子さんは、皮をごくごく薄くむくんですか？　だから、あんな風に桃のような色になるの？」

彼女がフェイスブックに紹介していた「恋空」の切り揃えられた実が、桃のように色づいていたのがずっと不思議に思えていたからだ。すると、こう教えてくれた。

「違うんです。私がいつもうかがっている畑がありまして、そこで収穫される恋空だけが、桃色になるんです。よかったら今年は谷村さんにもお送りしますね」

そういう口約束を、桃子さんはいつも忘れずにいてくれる。今年、収穫が近づいてきたようだという連絡をくれて、私が帰省していた札幌の実家まで、わざわざ送ってくれたのだった。

これが私の今年の初りんごとなった。恋空の食味は、さんさなどと同じで、日持ちがしない。すぐに食べるのが、何よりの使命である。

さっそく手に取り香りをかぐ。皮の向こうにある香りを仄かに感じる。その様子に、実家の父が少々驚いていた、気はするが、父も大のりんご好きだ。ちょっと待っててね。

しっとりとした重さ。ああ、まさに収穫したてのりんごだ。皮をむいているだけで瑞々しさが溢れ、甘酸っぱい香りが立ち、りんごの味わいを一瞬で思い出させてくれるその気配にたまらなくなり、切り分けている最中のまな板から、すぐにひとかけ口にした。

さくっ。あ、父にももちろん。

「残念ながら気候の影響で今年の実は、色づかなかったようなんです」

と、添えられたお手紙にはあったが、皮をむいていくと、ところどころに桃色がかった仄かな色づきがあった。

母の仏壇にもひとつ、そのままあげさせてもらった。

いつもピアノの演奏と向き合って、サンドイッチとりんごを口にする。リチャード・クレイダーマンが、それを何か言葉にして表現したわけではないが、そういう毎日の中に幸せを見出すことは、亡くなった母が大切にしていたものでもあったように思う。私は今年はじめての「恋空」を窓辺に置いて、札幌の澄んだ空を眺めながらしばし思い出す時間をもらった。

その後Yさんの方は、九月に入り青森で桃子さんとイベントの打ち合わせの際に、今年の早生種のりんごをまとめて頂戴したそうだ。

品種は、きおう、未希ライフ、北の幸、それに桃子さんのご実家のサンつがる。

〈そんなわけで、今年の初りんごは、桃子さんご実家サンつがる！　パリパリでおいしかった〜〉

と、Ｙさんのメールが届く。

そうか、今年ももう「つがる」も収穫を迎えたのだな。

このりんごの当初の登録品種名は、青り２号。青森のりんご研究所で育成されている。交配が始まったのは昭和五年とふじなどよりずっと古い品種だ。ゴールデンデリシャスに交配されたはずの花粉が、そのラベルが紛失したことにより、長らく花粉親不明とされて来た。現在は、弘前大学の遺伝子診断によって、花粉親は紅玉であることがわかっているそうだ。つがる、と命名・登録されたのは、昭和五十年とのこと。袋かけをしない無袋栽培で十分に甘く育ったつがるは、最近はふじと同じようにサンをつけて、サンつがるとして販売される。

つがる。早生種とは思えないぱりっとしたあの食感に、私ももうじきありつけそうだ。

つがるは元々は、落下しやすいのが難と言われたりんごで、「咳をすると落ちる」とまで農家の方々は表現した。けれど今は落下防止剤が葉からうまく吸収される。

長い時間をかけて今にたどり着いたつがるは、土地の名をもらい、皆の誇りを背負ったりんごだ。

八月のうちには収穫が始まるが、甘さがのるのはやはり九月に入ってから。九月のりんごは、私にとって、つがる。何しろつがるは、大きな大きなりんごだ。

それで急に、太宰治の『津軽』を書棚から引き出してみた。手元にあるのは、新潮文庫の八十四刷だ。何かりんごについて書いてあったかなと読み返してみて、昔読んだ頃はまるで気づいていなかった箇所に行き当たった。

太宰が、一度は逃れた故郷の風土記を書こうと三週間の津軽への旅に出たのは、昭和十九年だ。津軽で、ある素封家より接待を受ける。

〈「おい、東京のお客さんを連れて来たぞ。とうとう連れて来たぞ。（中略）挨拶をせんかい。早く出て来て拝んだらよかろう。ついでに、酒だ。いや、酒はもう飲んじゃったんだ。リンゴ酒を持って来い。なんだ一升しか無いのか。少い！　もう二升買って来い。待て。その縁側にかけてある干鱈をむしって、待て、それは金槌でたたいてやわらかくしてから……」〉

接待をする素封家Sさんは、妻にそうやって騒々しく言いつける。

面白おかしくさえ読めてしまう描写だが、太宰の文はこうも続く。

〈私は決して誇張法を用いて描写しているのではない。この疾風怒濤の如き接待は、津軽人の愛情の表現なのである〉

りんご酒は、日本酒やビールの代替品として出てくる。それは、シードルだったのだろうか。泡立つような描写は見当たらないが、青森では明治期にすでに、シードルの醸造が始まっている記録はある。

この章で太宰氏が訪れている蟹田は、津軽半島の東海岸、青森市からバスに乗って海岸線を北上した先の町のようだ。出かける前に、蟹田在住の友人N君に手紙を書いていた。その頃、甲州におけるぶどう酒のように、津軽地方では、りんご酒が豊富と聞いていた。

〈「なんにも、おかまい下さるな。あなたは知らん振りをしていて下さい。お出迎えなどは、決して、しないで下さい。でも、リンゴ酒と、それから蟹だけは」〉と、書き送ってあった。

N君は、これは友人の太宰が〈がらにも無く遠慮をしている〉と感じたが、その妻は、太宰さんはもう東京で日本酒やビールは飲み飽きてしまって、故郷の匂いのする「リンゴ酒」を飲んでみたいのではないかと解釈する。

太宰は冒頭の引用のように、それは酒かビールを所望していたようだが、

〈「でも、奥さんの言も当っていない事はないんだ」〉

郷里への様々な思いが入り混じって感じられる、甘酸っぱいようなひと言。

その後太宰たちは、とにかくあるだけの酒を飲む。ものすごく飲む。一緒に飲んでいる気になって読んでいると酔いそうになる。

蟹も食べたいな。蟹田の浜の名産が蟹なのだそうだ。津軽でつがるを食べて、蟹田で蟹を食べたい。

りんごオールスターズ

秋になると
たわわな赤い　りんごがまた
実るから帰っておいで
この場所で　いつも待っている

「りんご」モモ／Pigeon's Milk

21

十一月五日は、いいりんごの日だ。

結構知られていないけれど、「りん語録」のシンボルのような素敵な日。ちょうどこの時期、全国各地でふじをはじめとした晩生種のりんごは、収穫期を迎える。

令和元年となった二〇一九年は台風が続き、十月には長野の千曲川沿いのアップルロードや、前の章でも書かせてもらった茨城の大子町などの深刻な被害が伝わってきた。

果実の被害、それに樹木が根こそぎ流されたところもあり、りんご農家の中にはこれを潮時に終業を検討し始めたところもあると伝わる。また一からりんごを育てるのがどんなに大変かを想像している。

青森で行われたイベントに向かう途中、車窓に映るりんごの色の鮮やかさに、目を奪われる。りんごは、澄んだ空を泳ぐ魚の群れのように見えたり、揃って音を鳴らす鈴のように見えたりする。

編集Yさんとこの時期青森に足を運ぶようになり、四年目。お互い今年は、それが胸に染み、窓の外を黙って見つめていた気がする。

青森市と弘前市の両方で行われたイベントでは、それぞれききりんご大会やクイズ大会を行った。青森会場では、シンガーのモモさんが大好きな「りんご」を歌いに来てくれて、桃子さんがエプロンをつけてクイズの解答にりんごの品種の説明をしてくれる。私にとってのりんごオールスターズが勢揃い。うれしい日となる。

その他にも今回は、これまでずっと気になっていた取材をさせてもらった。

それは、りんごジュースをめぐる取材だった。

りんごジュースには濃縮還元、ストレート果汁、密閉搾り、などの表示が必ずといっていいほどついているが、それが今ひとつ理解できないからだ。

青森県産のりんごだけを用いてジュース加工をしているJAアオレンが取材を受けてくれた。

事務所と工場は併設されていて、工場敷地の一角にはちょうど、収穫されたばかりの様々なりんごがうずたかく運ばれてある。

応接室に通されると、さっそく、りんごジュースが振る舞われた。まるでりんごそのもののような、自然なりんごの甘みと香りに、思わずグラスを透かしてしまう。

密閉搾りのジュースだと紹介される。

実はその、密閉搾りの意味が未だによくわからないのだと正直に話すと、

「ああ、そこからでしたか」

と、りんごジュースの歴史を巻き戻すようにして、初歩の初歩から、アオレン営業部の神貢部長と新谷孝義課長は丁寧に一つずつ教えてくれた。

りんごジュースの世界は、日進月歩だった。

ストレート果汁というのは、単純にりんごの果汁を搾ったもの。ただ、普通に搾れば、ほとんどの品種ですぐに酸化して、褐変《かっぺん》が起きる。あの家庭で作るすり下ろしりんごの色になる。

濃縮還元は、ただのストレートではなく、水分を飛ばして濃縮にして、これにまた水分を戻して還元してジュースにする。カルピスのようなイメージだ。この方がコクや風味が出るが、その際に熱を加えたり遠心分離機にかけたりするのが必要になる。その温度設定や真空状態を作る工程などが研究開発のテーマだった。

さらに課題は、褐変を防ぐためにどうしても投入してきたビタミンCだ。

それだったのだと私は気づく。昔から、りんごジュースはちょっと苦手だと感じるときがあり、最後に妙な味が舌に残ると思ってきたが、それが人工のビタミンCだったと知る。

そこで登場したのが、密閉搾りという新技術だった。製造過程で空気に触れない装置の開発が進み、ジュース加工は新たなステージに入る。密閉破砕機、密閉搾汁機が完成する。不要な熱もかけずに、酸化による褐変も起こさせずに、ビタミンCの投入も不要なジュース加工が可能になったのだ。

日本の技術を総動員しての、全農のプロジェクト、完成した密閉搾りの缶には、ねぶたの柄が印刷されて、普及されるようになった。

ビタミンCは時間が経つと、それ自体も褐変するために、缶なら一年は品質が落ちない。

「ミツネブは」と、新谷さんがおっしゃったとき、Yさん、目を輝かせる。

「ミツネブって呼ぶんですね？」

密閉搾りねぶた柄、略してミツネブだそうだ。

Yさんは発売された頃からこれを、弘前のお母さんに箱で送ってもらって、りんごがない時期は毎日このミツネブを飲んでいる。

ジュースに用いられるのはすべて青森県産のりんご、主にはふじや王林で、そのつど果汁の糖度などを調べてブレンドしていくので、缶ジュースと言っても時期により微妙に味わいの違いはあり、それも楽しんでほしいとのこと。台湾や香港でもこうしたジュースは大変よく売れているが、これは、青森りんごそのものへの信頼なのだと、神さんは朗らかに口にした。

ここからのお話にも、りんごの災害が関係した。

アオレン職員には、りんご農家や関係者が多い。平成二十年は、霜・雹《ひょう》被害が著しかった年だった。春の段階で、りんごへの甚大な被害はすでに予想されていた。

アオレンは独自の経営会議を開き、農家が離農しないでくれるように、自分たちができる応援は何かを考えた。その一つが、そのままでは商品にならないりんごを全部持ってきてもらうことだった。アオレンは、例年の三倍のりんごを抱えた。

幾らなんでも、膨大な量だ。はじめは濃縮還元ジュースで対応しようと検討したが、いや、それは違うはずだ、と。農家にがんばってもらうには、ここは最高のスペックで対応しようと密閉搾りの装置をフル稼働させた。そうして出来上がったジュースの名は内部公募で、「希望の雫」と決まる。

この極上のジュースは話題を呼び、一年で三年分が売れて、その後も続く大人気商品になった。ジュースには、そんな、りんご農家への励ましのメッセージが込められていたのだ。

実は数年前、前作『ききりんご紀行』執筆の際にも、ジュース加工については少し取材を始めている。そのときは、津軽りんご加工センターの外崎裕一さんにいきなり、電話をかけて教えていただいた。

今回はその時のお礼やお詫びも兼ねて、実際にお訪ねし、また少しお時間を頂戴した。外崎さんはご自身がりんご農家で、約束した時間は収穫の終わった夜。ご実家のほど近くの加工センターで、デニム姿でご夫婦そろってジュースを作り瓶詰めしているところだった。

ここでは、すべて手作業だ。りんごを洗って、搾って、鍋で加熱してから殺菌した瓶に詰める。

だんだん色は変わっていくけれど、瓶詰めされるのは素朴な無添加のストレートジュースだ。りんご一箱分を瓶に詰めると、小瓶は大体六十本取れる。これで加工料は、なんと千円！　だけ受け取っているという。

加工センターの外の壁や道を挟んだ反対側には、近隣の農家の人たちが、日付と各自の名前、りんごの品種名などをチョークなどで記して置いていったりんご箱が、ずらりと並んでいる。それぞれジュースにされるのを順番待ちしているので、外崎さんのご夫婦はしばらく休む間もなさそうだ。

加工場にも寒気が満ちている。甘酸っぱいりんごの香りと、鍋からの湯気がいっぱい広がっている。

この加工センターが始められたのも、平成三年のりんご台風のときだった。当時はお父さんの代、あそこに持って行けばジュースにしてもらえるよ、と評判になった。外崎さんは当時中学生で、部活の練習が終わって帰ってから、夜は九時頃まで手伝ったそうだ。

今は、ご夫婦で毎晩、どんなにがんばっても一日三十箱こなすのが精一杯だ。九月のつがるの収穫期の頃から始まり、冬まで続く。「ジュースをおいしくすることはできません。りんご本来の味しか出せないので、いいりんご持ってきてねって農家さんに言ってます」

作業の手を休めることもなく、ジュースの原点をそう話される。

途中、コップに少し分けてもらったが、こちらのジュースからは、熱を出したときに母がすり下ろして作ってくれたあの優しい味がした。

並んだ箱の一つには、0くんから聞いたあのファームのりんご4－23もある。果肉が赤く、りんごジュースも赤く色づくはず。こういうジュースも、地元の人たちは味わえるのだろう。

できたジュースは、ラベルをつけて結婚式の引き出物や出産の内祝いに用いられることもあるそうだ。それぞれの農園の歴史が詰まったジュースになる。

この旅ではさらに欲張ってもう一つ、お菓子の会社にお訪ねした。

青森でお土産を求める時には、私は「薄紅」という美しいりんご菓子を探す。

製造元は、おきな屋。

これは輪切りにしたりんごの、言ってみるとグラッセなのだが、りんごの種の部分には穴が空き、シルエットがそのまま見える。しっとりして、噛むと表面には粉砂糖、甘酸っぱさが立ち、ロマンチックな感じがして好きなのだ。

青森市内の店舗で、阿部淳之輔社長とお会いできた。物腰の柔らかい若社長だった。

薄紅に用いているのは、すべて青森の紅玉。一つのりんごから、二枚くらいしか取れないという。今や貴重な紅玉は、農業高校や五所川原のりんご農家などと契約して確保している。

このお菓子をはじめに作ったのは、先々代にあたる齊藤己千郎さん。

もともとは町の和菓子屋で、餅菓子やどら焼きを作って販売していた。昭和四十年代後半になって、地元でただ同然で投げ売りされていた紅玉をスライスし、鍋で煮て、干して、と手作りしたのが始まり。これが意外にも、出張などでやってきた県外の人たちに売れた。

今ではもちろん釜は大きくなり、職人さんも大勢だが、すべて手作業なのは変わらない。りんごをカット、手で種を取り、かごに入れて真空になる釜で煮る。水分を抜いて、そこに糖蜜を置き換えるように入れていき、熱いうちに荷揚げして網の上に広げて乾燥させるが、ちょっとでも力が入るとすぐに破れてしまうので、職人さんの熟練の技に頼る。次の日にはまたひっくり返して選別。粉砂糖を振る。はじめはかちかち。一週間ほど寝かせて、あのしっとりした風合いが出来上がるそうだ。

かつてはりんごの上と下の部分はすべて捨てていたが、今はそこも洋酒を用いた焼き菓子「たわわ」などになる。

「薄紅」、「たわわ」、長芋で作る「雪逍遥」、おきな屋の菓子はみな名前も鮮やかだ。

慶応大学でフランス文学を専攻していた己千郎さんは、文学と酒が好き。よく昼から飲んでいた不思議なおやじさんだったと、現社長は印象を語る。己千郎さんが病に倒れたときに、昔から父君との交流の中で親交の深かった淳之輔さんに後を頼まれた。

「薄紅」は、きっとこの本を読まれる皆さんはお気づきのはず。島崎藤村の「初恋」から取られている。

斎藤己千郎さんが書き残された『あおもり宇宙』という随筆集に、その昔よく召し上がったという「旭」について書かれてあった。

色具合は冴えず、形も扁平、見た目は美味しそうではないし、皮は分厚く果肉は柔らかくアンバランスだとしながら、その酸っぱさが忘れられず、社内で従業員に金一封の報奨金で探し出してくれるよう頼んだとの楽しい一編もあった。

それなのに「旭」は、届かなかったという。

今なら「旭」のシードルが届けられるのにな、と思いながら、私にもいつか懐かしいりんごができる時があろうかと考えていた。

みんなで幸せに

と、そのとき、
彼のすぐわきになにかが飛んできて、
彼の前をころがった。
林檎であった。

『変身』カフカ／高橋義孝訳

22

この冬、旅をしながら久しぶりに読んだカフカの『変身』で、ある朝突然毒虫になってしまった主人公グレーゴルが家族によって与えられた致命傷は、果物皿からやみくもに投げつけられた小さな赤いりんごによるものだとはじめて気づく。

平凡な家族の日常の中で親しまれてきたりんごが、グレーゴルに決定的な外傷を与える。

りんごが、凶器となるとは……。

さて私が、先日まで旅していた先はモロッコだ。モロッコは長い歴史上これまで幾度も首都を遷してきたが、そうした街ごとに要塞があり、その内側を旧市街と呼ぶ。フェズやマラケシュの旧市街にはそれぞれ巨大な迷路のようなスークと呼ばれる市場があり、果物売りたちは、冬ならではのざくろやカクタスと呼ばれるサボテンの実、それに我らのりんごを山積みしていた。

ジュース売りの店だけでも競い合って立ちならび、なぜか見栄えのいい男の子たちがそれぞれ陽気に両手を広げて客引きを行っていた。

そうやって全身でエネルギーを使って、日に何人の客が引けるのだろう。客の賑わいよりは、客引きの陽気さの方がずっと華やいでいる。つまり、そんなに売れてはいないから、りんごもざくろも陳列棚にきっちり鮮やかに並んだままだ。並んではいるが、りんごは小さくて、ところどころ変色し、無傷のものを見つけるのが難しい。はっきり言って、ぼけりんごに違いないと想像し、黄色いのを一つ十円もしない値段で分けてもらってかじると、案外濃厚でぱりっとした味わいだった。

ガイドしてくれたモロッコ人が言う。

「モロッコのりんごは美味しいんだ。種類だって、五種類はあるね」

「でも、日本には少なくとも二千種類はあるけど」

「嘘だろう？　僕が日本にいたときは、二つか三つしか見なかったけど。大きいけど、みんな味が薄くてさ」

なんという濡れ衣だ。直接丸ごとかじるからそう感じるのかもしれない。

カフカの描いたりんごだって、このくらい小さかったはずだ。日本のりんごなら大きくて重くて、とてもやみくもには投げられないはずだから。

モロッコはイスラム教徒が大半の国で、豚肉はほとんどないから、やたらとラム肉を食べていた。スークでりんごやカクタスもそのまま食べた。だからなのか私はまたこの旅でも、何かにあたって腹痛をおこした。

休んでいたホテルが呼んでくれた医師は、革のライダース姿。薬を出してくれて言った。

「食べるなら米かパスタだ。クスクスはだめ。コーラやりんごジュースはいいが、オレンジジュースはだめ。いいね」

りんごはこうして薬にもなり、知恵の実とされ、人を誘惑する禁断の果実にもなり、宗教的な意味合いも含む。いつも何かの象徴のように存在する。

そう言えば、自宅の冷蔵庫には最高に美味しいりんごジュースが冷えていたんだったなと、モロッコのベッドに転がりながら私は思い出していた。毎年訪ねる青森県平川市の内山果樹園の王林から搾られたジュースだ。

実は二〇一八年から私は、内山さんが着手したあるプロジェクトを追いかけ続けている。それは、土そのものを改良する試みだ。

内山さんは化学肥料に対する限界、行きづまりを感じ、十数年前からりんごの樹の様子を見ながら無肥料栽培を続けていたが、あるとき京都府の男性から「フルボ酸」という天然の腐植土から抽出された物質を紹介される。

液体を薄めてスプレー状にして用いると、帽子や衣類の臭いが消え、肌もつややかになる。見かけはただの水に見えて無味無臭、世の中には数多《あまた》そうしたまやかし物が存在するはずだが、内山さんは畑で育てていた野菜に物は試しでしゅしゅっとかけてみた。驚いたことに、その一角のトマトやきゅうりだけが大きく育った。虫もつかない。

りんごでも試してみたのが一昨年から。昨年には京都府木津川市で株式会社パルズを運営する小笹智務さんと連携して、まずフルボ酸の培養土を自らの畑で作った。

この作業が、青森より一足先に実施されていた奈良県へ取材に出かけたのが、昨年二月のこと。先に、京都、神戸を訪れてりんご三都物語を書き、最後がこの奈良となる。


奈良県の竹林に隣接した長閑な農地、柔らかな日差しが降り注ぐ一日、畑の一角にこんもりと土が盛られていた。わずか数日前にトン単位で堆肥を集めてきた。近隣の障害者施設の就労訓練としても協力を得たという。しかし、それはすでに腐植土のようにふかふかで、臭いがまったくない。思わず手を入れてみると、すでに土であり、さらさらとしており、内部は熱を持っている。堆肥にフルボ酸を噴霧して、多少耕し、あとは放っておけば自然とそのフルボ酸の土ができるのだという魔法のような話だった。内山さんが青森で行ったのも同様の作業である。

私には今のところフルボ酸の何がどのように機能するのかが、説明されてもよくわからないが、元々、滋賀県のある一帯の土地にあった腐植土が、様々な有益な力を発揮するのが地元の人たちに知られていたそうだ。

腐植土応用技術者として、井狩専二郎さんがそこからフルボ酸を抽出するのに成功した。これを広く普及しようとしていたときに、井狩さんは志半ばで病に斃《たお》れてしまう。知人であった小笹さんはその際、フルボ酸を託された形になる。二〇一八年には保健所より清涼飲料水製造業の許可を取得、この年より内山さんのりんご園で、無農薬栽培の樹に消毒の代わりに噴霧する形で試験的な取り組みが始まる。

この効果を見届け、内山さんのサンふじの箱には手書きで「F入り」の文字が書かれたわけだ。内山さんは、確かな手応えを感じていた。二〇一九年には、全面的にフルボ酸の土を作り、内山さんは本格的に新しい土壌でのりんご栽培がスタートを切る。

「味が濃いと思うんですよ。なんというか強い。身もしまっていて大きい」

王林の出来栄えをそう話してくれたので、

「前から美味しかったですけどね。ただ、私が感じたのは王林だからだとは思いますが、香りが一段と強かった。それから果物ナイフを入れたときに、実がぱんぱんで、ぱんぱんすぎるほどでしたよ」

そんなやり取りをした。

内山さんは、フルボ酸が、元々土の中にあったものであるところが気に入っている。土を化学物質から解放し、自然に戻せるように感じている。昔から人間や生き物が温泉などの効用を得てきたように、腐植土にあった成分が活性化することに意義を見出している。小笹さんと業務提携をして、この土を作り出す農家の普及に努めたいそうだ。

その業務は「ファームＺＥＲＯ」と名付けられた。大量生産はできない。手作りだ。堆肥の臭いが消えるかどうかで成功しているかどうかを判断する。丁寧に作らないと効果が出ない。

「自分たちだけよくしたい、儲けたいという気持ちはないです。みんなで関わって幸せになろうよと思う」

内山さんの畑にはタカがやってきて、ねずみを退治していく。県内には、フクロウの巣箱をかける園地もあるし、りんご農家の風景が、だんだんと自然に帰っていくようだ。決して後ろ戻りしているのではなくて、模索を続ける人の営みだと私は思う。人間だって自然の一部なのだ。

これからも、様々なりんごに、そして、りん語録に、つまり人々の心の中のりんごに出会っていきたいと思う。

モロッコの旅から戻り、久しぶりの我が家で、冷えた王林のりんごジュースを飲んだ。グラスの中のりんごの香りに「ただいま」を言う。

谷村志穂（たにむら・しほ）

1962年札幌市生まれ。北海道大学農学部にて動物生態学を専攻する。
雑誌編集者などを経て90年に上梓した
『結婚しないかもしれない症候群』がベストセラーに。
91年、処女小説となる『アクアリウムの鯨』を発表。
2003年、『海猫』で島清恋愛文学賞を受賞。
著書に『余命』『黒髪』『尋ね人』『いそぶえ』『ボルケイノ・ホテル』
『大沼ワルツ』『移植医たち』『セバット・ソング』『空しか、見えない』
『ききりんご紀行』など多数。
17年、青森りんご勲章受章。

挿画　矢吹申彦
装幀　尾山叔子

本書は集英社の読書情報誌「青春と読書」二〇一八年四月号～二〇一九年十一月号、二〇二〇年二・三月号で連載された作品を加筆・修正したものです。

JASRAC出2007620-001

りん語録《ごろく》

2020年10月31日　第1刷発行

著　者　谷村志穂《たにむらしほ》
発行者　樋口尚也
発行所　株式会社 集英社
〒101-8050 東京都千代田区一ツ橋 2-5-10
編集部 03-3230-6141
読者係 03-3230-6080
販売部 03-3230-6393（書店専用）
印刷所　大日本印刷株式会社
製本所　ナショナル製本協同組合

©Shiho Tanimura 2020 Printed in Japan　ISBN978-4-08-786130-3　C0095